中學寫作教與評系列

描寫文
批改範例38篇

劉慶華 主編

中華書局

責任編輯：黃海鵬

裝幀設計：甄玉瓊

排　　版：黎品先

印　　務：劉漢舉

描寫文批改範例 38 篇

□

主編

劉慶華

□

出版

中華書局（香港）有限公司

香港北角英皇道 499 號北角工業大廈一樓 B

電話：（852）2137 2338　　傳真：（852）2713 8202

電子郵件：info@chunghwabook.com.hk

網址：http://www.chunghwabook.com.hk

□

發行

香港聯合書刊物流有限公司

香港新界荃灣德士古道 220-248 號

荃灣工業中心 16 樓

電話：（852）2150 2100　　傳真：（852）2407 3062

電子郵件：info@suplogistics.com.hk

□

印刷

美雅印刷製本有限公司

香港觀塘榮業街 6 號 海濱工業大廈 4 樓 A 室

□

版次

2016 年 3 月初版

2023 年 5 月第 3 次印刷

© 2016 2023 中華書局（香港）有限公司

□

規格

32 開（210 mm×140 mm）

□

ISBN：978-988-8394-14-2

目錄

序一

　　一直以來，「精批細改」是香港語文教師常用的作文批改方法。教師逐字逐句詳盡批改作文，給予「眉批」和「總批」，讓學生可以準確地看到他們對文章的意見；而「眉批」和「總批」的評語，也對部分學生起鼓舞和激勵的作用。這些批語更可增進師生之間的溝通。透過這種批改方法，學生若能透徹了解教師的批改，得益比了解一篇課文更大。故這方法實有它可貴和可取之處。

　　不過，這方法也有其缺點。香港中文科教師工作繁重，每位教師平均需要任教三班中文。若教師要替學生每篇作文進行「精批細改」，他們實在沒有足夠的時間。另一方面，學生未必能把教師的評改分析、反思，再轉化為作文能力，主動應用於寫作上，教學效果往往事倍功半。除非香港推行小班教學或個別學生輔導，否則難以發揮「精批細改」的優點。

　　基於以上原因，近年教育界已嘗試運用其他的作文批改

方法，包括符號批改法、量表批改法、同輩互評、錄音診斷法、重點批改法等多元化的批改方式。而「重點批改」是較多教師採用的批改方法，可是，坊間有關這種批改方法的研究和參考書籍並不多。

「中學寫作教與評系列」共有五冊，以記敍文、描寫文、抒情文、說明文、議論文寫作教學為主，每冊收集了十九位教師的作文批改示例，證明教師可以按照教學目的，使用重點批改法，有系統地重點批改作文。另外，教師亦針對有關重點，作出適切的「段批」和「總批」，有系統地給予學生意見，讓學生更能透徹了解自己的寫作優點和缺點，提升寫作能力。還有，每位教師批改作文後，均撰寫了「老師批改感想」，寫出他們對寫作教學和批改的心得，加深了教師的反思和交流。這些批改重點得來不易，是語文教師的寶貴經驗和心得。語文教師的工作任重而道遠，這套書對設計寫作教學和評改，有很大的參考價值，讓寫作教學更能得心應手，更希望能減低語文教師的工作量。

謝錫金教授

香港大學教育學院副院長

序二

　　讀寫訓練一直是語文教學的重點，培養學生利用流暢通順的書面語恰當地說明事理、抒發感情、表達思想，乃至毫無障礙地與人溝通交流，是語文教師一直努力不懈的目標。大部分教師在這方面所投入的精力，可謂不少。但成效卻一直不太理想。沒完沒了的作文批改流程和無甚起色的學生表現，也曾經構成我教師生涯中頗不愉快的回憶。我相信這也是不少教師的共同經歷。

　　到底寫作教學應該怎樣實行才有成效，是一個值得我們再三思考的問題。在教育當局推出中國語文科新課程的時候，中華書局計劃出版這套有關寫作教學的系列，顯然有相當積極的意義。

　　這套書的主編指出，寫作教學要取得理想的效果，教師必須有周詳的計劃、明確的訓練目標，並要結合篇章教學，以寫作能力作為訓練和批改的重點。其中有明確的訓練目標，是非常重要的一項。這是從教師的角度而言的；而從學

生的角度來說，則是要有明確的寫作目標。

　　個人認為，香港寫作教學的一個普遍毛病，是「作文」的味道過於濃厚，「作」的成分多於實際表達的需要，在這種情況下寫成的文章，很難做到言之有物。學生為文造情，寫作動機和興趣往往不會太高，教師無論花費多大精力，「精批細改」，也不一定能吸引學生細心體味批改背後的原因。教師的精力時間往往花費了不少，卻得不到應有的效果。造成這個局面，往往在於我們沒有構思好一篇作文的真正用意，沒有結合學生的實際生活和經驗，寫作一些與他們關係比較密切，又使他們覺得有表達需要、有實際用途的文章。

　　我曾經見識過一所學校的英語寫作訓練，覺得教師的整個教學環節安排得靈活生動，讀、寫、知識學習等互相配合，作業模式實用而多樣化，很值得我們借鑒，不妨在這裏跟大家分享。

　　那所學校的英語教學有部分環節跟史地學科組合成綜合單元式教學，其中一個單元的主題是古埃及，有關埃及的歷史、社會制度、農耕物產、建築、宗教、文化、藝術等內容，部分在課堂上教授，部分作為閱讀內容，並配上相關作業，訓練閱讀能力。至於寫作教學，則有以下一系列不同性質和訓練重點的作業：（一）參考古埃及的灌溉用具，學生自行製作一台可以活動的水車，然後寫一段文字，說明水車

如何運作，以此訓練説明技巧；（二）假如要在古埃及的市鎮開設一家飯館，根據已學過有關古埃及的農作物和牲畜飼養情況，設計一份菜單，以此訓練創意思維及表列手法；（三）根據所學到有關金字塔、神殿、方尖碑及埃及文化藝術等資料，為埃及旅遊局撰寫兩段文字，向遊客推介古埃及遺留下來的歷史遺迹，以此訓練説明、描寫技巧及宣傳、説服等表達手法；（四）在網上搜尋資料，在兵器、音樂、美術、宗教、建築等專題中任選一個，寫一篇專題文章，介紹相關內容，以此訓練閱讀、綜合、組織、報告等技巧；（五）模仿所學的英詩格律，結合古埃及人注重死亡世界的觀念，以木乃伊為題，創作詩歌一首，表達對於死亡、永生的看法，以此訓練抒情手法及詩歌創作技巧。

這種將專題教學、閱讀、寫作能力高度融合貫穿的教學模式，是中文教學界所少見的，實在令人眼前一亮。它的好處不但是形式多樣化，而且不同作業各有目的、作用和重點，彼此互相配合、互相補足；更重要的是它突破一般寫作訓練的框框，讓寫作不再是孤立的活動，學生不需要面對或抽象、或陳舊、或遠離生活的作文題目，搜索枯腸，無話可説。

探索寫作教學的新途徑，我覺得有無限可能性，問題只在於我們願意跨出多大的一步。現在有教育界同人作出寫作教學的新嘗試，實在是可喜的現象。

我跟慶華是中文大學研究院的同學，知道他一向對中國文化、對教學工作充滿熱誠。供稿的作者中，也有不少昔日的同門。現在他們共同為中文教學作出貢獻，探索寫作教學的新領域，中華書局同事囑咐我代為寫序，當然義不容辭。在港的時候雜務纏身，一直抽不出時間下筆。結果稿成於尼羅河上，當時正在埃及度假遊覽，五千年的古埃及文明令人驚歎折服，古埃及的寫作例子更加生動地浮現於腦海中⋯⋯

陳瑞端教授

香港理工大學人文學院副院長

主編的話

　　中華書局為配合中學中國語文科新的課程需要，二零零三年已出版了《老師談教學：中學中國語文篇》，這次又出版一套寫作教學叢書，合共五本，包括了五種文體：記敍、描寫、抒情、說明和議論，定名為「中學寫作教與評系列」。每本書主要包括一篇有關寫作問題的短文、批改文章部分及一篇後記。寫作問題部分，主要是提出一些寫作上要注意的事項，或者我個人的想法，希望能引起老師注意和反思，有助他們訓練學生寫作；批改文章部分是全書重點所在，老師通過運用寫作能力作為批改重點來批改學生的文章，從而說明學生在寫作能力上的表現，讀者可以藉着這部分了解批改者的批改方法，並從批改者的建議中得到啟發。最後，我就着今次的主編工作說幾句話作為全書的後記。

　　過去多年來，我們教導學生寫作，出了題目後便用心教他們如何結構、如何用修辭、如何開頭結尾，可以說訓練的重點無所不包，然而，這樣的教法，有多大的成效呢？而老

師批改時，結構、修辭、錯別字、標點……無所不改，改了這麼多年，又有多大的成效呢？我覺得要提升學生的寫作能力，先要有一個周詳的計劃，每次訓練要有明確的重點，這樣的教學才會有效果。所謂有周詳的計劃、明確的學習目標，就是：先要定好每一級教甚麼，篇章之間的訓練重點要有關聯，年級之間又能銜接，而不是「東一拳、西一腳」式的訓練。我不知道有多少老師在教作文時，會有這樣周詳的考慮。或者我大膽地說，有時老師只是比較籠統地訓練學生，訓練的目標不太清晰，以致學生只是胡亂地堆材料，拉雜成篇。學生長期處於這種學習環境，很難提高他們的寫作能力。還有一個普遍現象值得注意，很多時候老師教篇章時，會提到每篇精彩的修辭及寫作技巧，但在作文時老師又不要求學生運用，這樣學生學到的知識便不能透過實踐轉化為能力，這是很可惜的事。

　　中文科老師最怕的要算是批改作文了。老師批改學生作文時，多是「精批細改」或「略改」，這是傳統的批改方式。這樣的批改，往往忽略了批改的重點。傳統的批改方式固然有一定的成效，但花了老師大量時間、心力，效果是不是很理想呢？這點大家心中有數，不必多說。現在我們嘗試用寫作能力作為訓練和批改的重點，試試這種方法是否更有效提升學生的寫作能力，而老師又可以省了時間批改，達到事半功倍之效。

　　我在這套書中，提出以寫作能力作為訓練及批改重點，對我或者對部分老師來説，都是一次新的嘗試。我今次邀請參與這個批改計劃的老師，都是有多年教學經驗的，他們抱着提升學生中文水平的心，在百忙中仍抽空參與了這項工作。在他們交來的稿件中，可以見到有部分老師初時仍不習慣這種批改方式，以致稿件要作多次的修正，而每次的修正都是如此的認真。他們的用心和工作態度，都是值得欣賞的。我在給每一位老師的信裏説，我們可以視這次是教學心得的交流，而不是要製造範本。我希望通過這套書，能使中文科老師興起試用新的批改方式的想法；希望老師可以用最少的時間，提升學生的寫作能力，而不是長期陷於毫無成功感的苦戰中。

　　這套書的每一本由十九位老師批改自己兩位學生的文章組成，文章要不同題目，批改時定出兩至三個能力點作為批改重點。換言之，兩篇便有四至六個批改重點。這樣讀者便可以看到多個不同的批改重點，評改同一種文體的方法。我本來打算限定每位老師用某種能力點來批改，但考慮到每位老師的教學環境不同，很難這樣規定，於是只把每種文體的特有寫作能力和各文體的共通寫作能力列出，請他們在當中找適合自己使用的作為訓練及批改的重點。這樣的安排，自然會有重複的情況出現，這也是不能避免的。以記敍文為例，全書有三十八篇文章，便應有最少七十六個的能力點，

但這是不可能的，既然不能避免重複，那倒不如讓老師多些自主權，因應實際的需要來選擇寫作的能力點。如果這樣，便會有可能出現某種能力多次被用作批改重點，而某些重點則沒有老師使用。然而，從另一角度來看，這種現象是否反映了某些教學上的問題呢？如果真是這樣，這是值得探討的問題。

我在內容結構中，列出「設題原因」和「批改重點說明」，請每位老師先說明為甚麼選這道文題、為甚麼選這些能力點，而每篇文章的批改，要對應「批改重點」，凡與「批改重點」有關的，都應該詳細批改；與重點無關的，則可以隻字不提。批改後，老師就着學生在寫作能力方面的表現提出建議。老師批改完同一種文體的第二篇文章後，要寫一段「老師批改感想」，談談在批改時遇到的困難和感受，這部分相信對前線的中文科老師會有一定的參考價值。

這套書的文章來自各老師任教或曾任教的學校，在得到學生和家長的同意後，我們才選用這些文章，這是尊重他們的創作權。我請老師挑選較有代表性的作品，但不一定是最優秀的作品，這樣會較易看出這種批改方法是否可行。

在這套書，我仍然用文體來分類，因為我覺得用文體來分類，無論對讀文教學或寫作教學都提供了方便。當然有人會覺得這是落後的做法，不是早已有人提出要淡化文體嗎？然而，我卻不同意這種說法。文體是經過長時間的醞釀才能定型，定型後便各有特色，彼此不能取代；各有各的功能，

彼此不能逾越。文體是載體，沒有文體便很難把寫作手法表現出來，例如我們不能只要求學生寫一篇說明的文字或者記敍的文字，而不給這些文字正名；用文體來分類是有必要的，只要我們看看古代的文體分類，便會明白個中的道理，我不想在這裏花太多的時間來討論。我將散文分為五類：記敍、描寫、抒情、說明、議論，這五類很明顯是用表現手法作為分類，這樣便會出現很多灰色地帶；於是又有人提出記敍、說明、議論三分已足夠的說法。這種分法自有一定的道理，但也不足以解決分類的問題，主要的原因是這幾種仍是表現的手法。可以說，到目前為止，各種分類的方法都存在着不同的問題。既然如此，便不妨沿用大家熟悉的表現手法，作為文體的分類，最低限度我們可以較清楚說明每一種文體的寫作特點。

我主編這套書是出於堅信這樣的批改方法是可行而有效的，正因為這樣，這套書除了提供一套批改作文的方法外，還起着交流心得的作用。讀者可以看完這套書後試行這套方法，又或者看完後有自己的想法，又或者看完後仍沿用「精批細改」……總言之，無論結果怎樣，只要是它曾經引起過讀者的反思，它便已發揮了作用。我當然希望讀者在反思後，能設計出更有效的批改及教學的方法。

劉慶華

批改者簡介（按姓氏筆畫排列）

王敏嫻，畢業於香港中文大學中文系，後取得教育學院教育文憑及教育碩士，主修課程設計。現為聖公會白約翰會督中學副校長。於二零零三年借調香港教育統籌局課程發展處中文組，擔任種籽老師，協助新課程發展。曾於《老師談教學：中學中國語文篇》發表〈可望可遊可觀可留的文學教育〉。

余家強，畢業於香港浸會大學中文系，獲文學士榮譽學位，後取得香港大學專業教育證書。現任教於佛教何南金中學，主教中文科。

呂斌，香港中文大學中文系文學士、碩士，教育文憑。曾任天主教鳴遠中學中文科科主任、香港考評局教師語文能力評核科目委員會委員。

林廣輝，香港大學文學士、教育文憑，香港中文大學教育碩士。曾任課程發展議會中學協調委員會委員、香港考評局中國文學科科目委員會委員、大埔區中學語文教學品質圈導向委員會成員。現為香港道教聯合會圓玄學院第二中學校長。

胡嘉碧，先後畢業於香港中文大學中文系、教育學院及研究院，取得榮譽文學士學位、教育文憑及課程教育碩士學位。曾為宣道會陳朱素華紀念中學中文科科主任及香港中文大學教育學院中文科教學顧問。主要研究興趣為中國語文課程改革及資訊科技教學，曾參與香港教育學院中文系何文勝博士的「能力訓練為本：初中中國語文實驗教科書試驗計劃」。

孫錦輝，畢業於香港浸會大學中文系。現任職於迦密唐賓南紀念中學，任教中文及普通話科。

袁國明，畢業於香港嶺南學院中文系，後獲北京大學文學碩士、香港中文大學教育碩士、香港中文大學教育博士。曾任教於多間中學、香港教育學院。現任明愛屯門馬登基金中學校長。曾任香港課程發展議會課程新措施發展委員會委員、香港中文大學教育學院名譽學校發展主任、優質教育基金計劃外聘監察員、香港中文大學教育學院《夥伴航》編輯委員、新亞洲出版社中學中國語文教學顧問等。此外，具有豐富撰寫各類型計劃書經驗，已成功申請各類型計劃達十多項，包括各類型教統局計劃、優質教育基金計劃、香港藝術發展局計劃等。

袁漢基，香港中文大學中文系哲學碩士。曾任西貢崇真天主教中學中文科科主任。

郭兆輝，一九八零年畢業於香港中文大學，二零零零年獲香港中文大學教育行政碩士學位。現任元朗公立中學校長。

陳月平，一九九六年畢業於香港中文大學中文系，二零零零年完成香港中文大學歷史學部碩士課程。自大學畢業後，一直任職中學老師，主要任教中文科及中國文學科。

陳傳德，香港嶺南學院文學士（中文及文學）。現為仁濟醫院王華湘中學中文科老師。

彭志全，台灣師範大學國文系文學士。曾修讀香港中文大學中文系哲學碩士課程，後取得香港大學教育學院教育文憑。曾任教於佛教大雄中學。從事中學中文教學約二十年。

楊雅茵，畢業於香港大學中文系。畢業後從事教育工作，現於博愛醫院鄧佩瓊紀念中學任教，並於二零零一年完成香港中文大學教育學院兩年兼讀制學位教師教育文憑課程。

詹益光，畢業於香港中文大學中文系，後取得教育文憑、文學碩士、文學博士。現任教於東華三院黃笏南中學，曾任地區教師網絡交流計劃項目負責人。

劉添球，一九八一年畢業於香港中文大學中文系，曾獲崇基學院玉鑾室創作獎。畢業後先後任教於聖貞德中學及新亞中學。其後轉職廣告界及商界，任廣告撰稿員及業務發展經理。一九九一年重返教育界，現為樂善堂梁銶琚書院副校長，負責校內行政及學務發展。

歐偉文，畢業於香港中文大學中文系，後取得香港中文大學教育學院教育文憑。現任路德會呂明才中學中文科科主任。

歐陽秀蓮，畢業於香港浸會大學中文系，後取得香港中文大學教育學院教育文憑。現任職中學教師。

潘步釗，香港浸會大學文學士，中山大學文學碩士，香港大學哲學碩士、哲學博士。曾任課程發展議會 —— 香港考試及評核局中國語文教育委員會（高中）特聘委員、香港藝術發展局文學顧問。現為裘錦秋中學（元朗）校長。

蔡貴華，先後畢業於香港中文大學中文系及香港能仁哲學研究所，獲得文學士及哲學碩士學位。現為寶血女子中學中文科科主任。

導論：觀察與想像

　　要寫好描寫文，先要學會觀察與想像。過去的作文教學，很少老師會訓練學生觀察力和想像力。我曾經發過問卷問四十位中文科老師，會不會在初中的寫作課訓練學生這兩方面的能力。他們大部分回答是不會刻意去訓練學生，甚至有一部分答不會。這個結果使我感到很詫異，我真的無法想像一個沒有觀察力和想像力的人，可以寫出好文章來。

　　傳統的寫作教學總是要求學生要在兩節課完成作文，沒有給學生時間做作文前的準備，甚至題目或者寫作範圍也不能提前給學生。為甚麼會這樣呢？老師會列出不同的理由來支持這種做法，不過，我覺得很多老師擔心的是公平的問題。其實只要我們好好地計劃，把平時學生做的功夫也計入寫作分內，便不會有是否公平的問題了。例如我們可以設計一些「觀察表」，讓學生在寫作前搜集資料，老師便可以依據學生的表現打分；又或者寫作時加入一項「觀察資料的運用」，也可以作為平時表現分。我這樣提議，主要目的是想老師能把寫作教學處理得靈活些，以增加學生的寫作興趣。

　　事前搜集資料的目的，在於訓練學生的觀察力和積累知識的能力，如果老師不訓練學生的觀察力，漸漸他們會變得觸覺遲鈍，對四周事物毫無反應。我建議老師在中一時要開始有計劃地訓練學生。老師不妨要求學生自備一本「觀察日記」，為他們定下全年的觀察主題，例如花卉、人物等，並讓學生在寫作時運用「觀察日記」的資料，這樣會提高他們的寫作興趣。

　　有一年我教中三級的中文，我上課的第一天便要求學生開一本堂課簿，並為他們定了半年的觀察對象，就是他們鄰座的同學。我在上課時，會要求學生觀察鄰座同學的頭髮，並請他們觀察後把特徵及感想寫下，跟着是眉、眼、鼻……最後，我請他們寫一篇人物素描。在寫作前，我先教他們按「觀察日記」的資料，用人物的特徵來作分段，在每段的人物特徵上，運用想像力加以細緻地描寫，最後加上自己的感想，這樣便成了一篇結構不錯的描寫文。

　　只懂得觀察不懂得想像，也不能寫出一篇好的描寫文。寫物件的特徵，有時很難用文字直接寫出來，非要借助想像和修辭技巧不可。例如寫人物的特徵，一些抽象的概念如氣質、高傲等，少了想像和修辭技巧，便很難寫得準確。

　　想像力的訓練應該由幼稚園開始，到初小階段應多作實物的想像。老師可以在課堂利用教具，讓學生説出他們所想到類似的物件，例如看見橙，可能想到太陽之類。到五、

六年級，便可以開始進行抽象的想像訓練。從中一開始，應加強抽象的想像訓練。所謂抽象的想像訓練是指不借助實物，純是用語言來描述，例如要學生將同學描述的物件重組再造，然後繪圖；又或者請學生說明一些抽象圖案；這些練習都是較難的，但經過一段時間學習後，情況是會改善的。我們必須要注意，學生是用詞語去說明腦海的概念，詞語愈懂得多，表達的意思愈準確，所以訓練學生多識生詞是重要的。

在初中的時候，不妨多做與想像力有關的修辭訓練，例如比喻、擬物、擬人等。在做相關的修辭訓練時，可以不太強調修辭學的理論，老師只要多舉例子，學生自然明白如何運用這些修辭技巧。學生經過長時間的練習，想像力一定大有進步，對創作有很大的裨益。

我在下面設計了一張簡單的工作紙給大家參考，這是我用過而覺得有效的訓練方法。

劉慶華

實物描寫工作紙

牛油果的觀察與想像

一、表面的特徵

    1. 視覺

    ＊形狀：＿＿＿＿＿＿＿＿＿＿＿＿＿＿＿

    ＊顏色：＿＿＿＿＿＿＿＿＿＿＿＿＿＿＿

    ＊表皮：＿＿＿＿＿＿＿＿＿＿＿＿＿＿＿

    2. 觸覺

    ＊質感：＿＿＿＿＿＿＿＿＿＿＿＿＿＿＿

    3. 味覺

    ＊外皮的味道：＿＿＿＿＿＿＿＿＿＿＿

    4. 嗅覺

    ＊氣味：＿＿＿＿＿＿＿＿＿＿＿＿＿＿＿

    5. 聽覺

    ＊聲音：＿＿＿＿＿＿＿＿＿＿＿＿＿＿＿

    6. 其他

    ＊產地：＿＿＿＿＿＿＿＿＿＿＿＿＿＿＿

    ＊重量：＿＿＿＿＿＿＿＿＿＿＿＿＿＿＿

二、內在的特徵

    1. 視覺

    ＊果肉的分佈形狀：＿＿＿＿＿＿＿＿＿

＊ 果肉的顏色：＿＿＿＿＿＿＿＿＿＿＿＿＿

2. 觸覺

＊ 果肉的質感：＿＿＿＿＿＿＿＿＿＿＿＿＿

3. 味覺

＊ 果肉的味道：＿＿＿＿＿＿＿＿＿＿＿＿＿

4. 嗅覺

＊ 果肉的氣味：＿＿＿＿＿＿＿＿＿＿＿＿＿

1. 牛油果使你想起甚麼？試寫出四個句子或詞語。

1.1 ＿＿＿＿＿＿＿＿＿＿＿＿＿＿＿＿＿＿＿

1.2 ＿＿＿＿＿＿＿＿＿＿＿＿＿＿＿＿＿＿＿

1.3 ＿＿＿＿＿＿＿＿＿＿＿＿＿＿＿＿＿＿＿

1.4 ＿＿＿＿＿＿＿＿＿＿＿＿＿＿＿＿＿＿＿

2. 寫出你對牛油果的感想

＿＿＿＿＿＿＿＿＿＿＿＿＿＿＿＿＿＿＿

＿＿＿＿＿＿＿＿＿＿＿＿＿＿＿＿＿＿＿

＿＿＿＿＿＿＿＿＿＿＿＿＿＿＿＿＿＿＿

3. 利用以上資料列出大綱

＿＿＿＿＿＿＿＿＿＿＿＿＿＿＿＿＿＿＿

＿＿＿＿＿＿＿＿＿＿＿＿＿＿＿＿＿＿＿

完

陰與晴

年級：中三
作者：黃美琪
批改者：王敏嫻老師

設題原因

　　本文為「景與情」單元的評估作文，作於精讀〈岳陽樓記〉及略讀〈在烈日和暴雨下〉之後，學習以時間為序寫景，並藉此訓練抒發不同感情的手法。

批改重點

　　1. 掌握景物描寫的次序。

　　2. 運用對比寫景以抒情的手法。

批改重點說明

　　1. 把景物分成多個層次，按景物的變化逐步描寫，使學生能注意到描寫的層次，才能使讀者身歷其境。

　　2. 利用對比寫景，讓學生易於突出景物的特點，較為容易帶出感受。

批改正文

 範文 評語

耀眼而柔和的光線悄悄地走進房間，我的眼睛隱約地感受到光線在叫喚着似的。我在光線朦朦朧朧下醒來。我撐開眼睛，看見淡藍色的牆都被光線照耀得通白，心想：「又是一個美好的早晨。」

抬頭望向天空，是清藍的，只有幾團軟綿綿的白雲緩緩地移動。偶爾，吹拂着一陣清風，叫人心曠神怡，就連心中的悶氣也被吹走。在十六樓俯瞰着馬路兩旁和花叢的樹木，它們顯得分外朝氣勃勃，人們也趁着這晴朗的天氣外出。到處洋溢着和暖的感覺，晴天——帶給我安穩和喜悅。

到了下午，突然風起雲湧，烏雲密佈，整個天空頓時變得灰灰暗暗。一道閃電從上而下掃過，帶來一

● 第一、二段以光線的耀眼，照得牆壁幾至通白入題，點出晴朗天。着重描寫晴朗天的光，再由光引出清藍的天、軟綿的雲、怡人的清風、動植物的朝氣，以至人心中悶氣的消散和感覺的暖和，層層深入，組成晴朗天的氣象。

● 前兩段的晴朗，對比下雨的陰沉。突出天氣對心情的影響。

● 此段寫雨寫得細緻，閃電的強光寫得

瞬間的強光，繼而出現像獅子吼叫的雷聲，那響亮的聲音叫人驚惶失措。那時，街燈已亮起，好像要迎接甚麼似的。一絲絲的銀針徐徐落下，我伸手攔截，銀針落在我手，很快就被蒸發。怎料在數十秒間，銀針轉化為傾盆的大雨。路上沒有帶雨傘的行人低垂著頭，拼命地跑，極為狼狽；縱然帶了雨傘的人亦是如此。小小的雨傘怎敵得過暴雨的吞噬呢？甚麼也看不清楚，天與地也被它連接。陰天——帶給我起伏不定和憂愁。

我喜歡晴天的安穩，更喜歡陰天的起伏不定，使我更了解人生，了解人生有陰有晴、有順有逆，使我明白到必須在困難中磨練自己，不斷成長，迎向晴朗的未來。

充滿動感，雷聲比喻像獅吼，以人的驚惶反襯雷聲之大。最後以小小的雨傘難敵傾盆大雨，寓意深遠，引人遐想。

● 第四段結合第二段及第三段的結句，總結由景而生之情。

總評及寫作建議

　　本文着重掌握描寫的次序及如何以對比手法借景抒情。手法雖幼嫩，但能掌握到基本描寫的次序，尤以寫雨的一段，雨前和大雨之間所經歷的環境變化，寫得頗細緻，層次也分明，使雨景像展現眼前一樣。

　　利用對比手法，將陰與晴給人的感受凸顯，藉此抒發心中情。對景物的感覺因人而異，但透過對比描寫，引導讀者隨着作者所想所感，把景和情聯繫起來，從而令讀者產生共鳴。當然，情與景講求協調，令人有統一的感覺，才易於打動人。

　　感情是抽象的，很多時也難以言喻；若能掌握景物的描寫，透過寫景以抒情，感情就不言而喻了。

喝茶

年級：中六
作者：劉文潔
批改者：王敏嫻老師

設題原因

1. 吃和喝是人最常得到的感官享受，最適合於課堂讓學生親身感受、掌握，而後用語言表達出來。

2. 本文寫作前於課堂讓學生品嚐茶、咖啡等較刺激感官的飲品，然後舉若干名作家描寫吃或喝的片段，以指導學生學習感官意象的描寫。

批改重點

1. 如何使抽象的感覺具體化，如視覺、聽覺、味覺的描寫。

2. 多感官的描寫法。

批改重點說明

1. 學生常忽略自己感官所接觸到的意象，故本文要求學生儘量留意感受，並以具體的方法呈現。

2. 多感官的描寫法能讓學生於描寫時着重細節，而不會流於粗略。

批改正文

範文 　　　評語

最喜歡聞的氣味，茶香；最喜歡嚐的味道，茶味。

黃昏，品茶的好時刻。我不喜歡深棕色濃茶的苦澀，也從不喝第一次泡出來的茶。喜喝泡過三四次的茶葉，散進滾燙的白開水，將沒有色彩的水鍍上一層淡淡的金黃，像披上了落日的衣裳。淡淡不濃烈的色彩，卻有懾人的魅力，令人望着它發呆。

蓋上壺蓋，淡黃的水柱，順着彎彎的壺口瀉下。偶爾，數滴小黃點由杯中跳出，落在桌邊，等待蒸發。進駐杯中的燙茶，冒出縷縷的輕煙，飄渺的輕煙總愛帶一股芳香，有意地飄進你鼻子裏，引誘你喝它，以報復受這位「主人」一直的束縛，沒有讓它一躍飛向天空的仇恨。

● 第一段直接入題，以茶的香味及茶的味覺感受為描寫重點。

● 第二段着重寫茶的視覺意象。先從茶的深棕色開始，寫到淡淡的金黃，由濃轉淡。

● 第三段寫茶也可以是動態的。由「壺口瀉下」到「數滴小黃點由杯中跳出」，寫得跳脫非常；寫茶由流動的液態成了「飄渺的輕煙」，也如現眼前。以報復仇恨的比喻，寫茶香的吸引，也是神來之筆，能大膽設喻，才可給人難忘的印象。

受不了誘惑，拿起仍感燙手的淡茶，吹一吹，滾動不安的茶散出一股枯渴的秋葉味，竄進鼻裏。我閉上眼睛，貪婪地吸着秋葉的香氣。忽然，感到自己像置身於秋天裏，夏日的綠樹，不再墨綠，竟成一片的金紅。

再吹一下，眼前一片朦朧。從茫茫氤氲的白氣中，隱約再看到爺爺模糊瘦削的黑影。是他，是爺爺令我喜歡上喝茶，每天被濃烈的茶香包圍，不覺對茶有說不出的鍾愛、有一種離不開它的感覺。每天不喝上一口茶，心裏總像缺少了一角，整天也不舒暢。

一陣難得的涼風，吹散眼前的輕煙。朦朧消去，眼前澄清一片。綠樹依然，一樣的墨綠，夏天的色彩。眼前的黑影也沒有了，只剩下一張在風中虛晃的藤椅，偶爾發出一點聲響。感覺手中的茶溫度剛好，趕快呷上一

● 第四段由茶香想像到秋葉之香；由茶寫到秋天的金紅，這是「通感」的手法。由嗅覺意象，聯想到視覺意象，帶領讀者超越所局促的空間。

● 第五段「從茫茫氤氳的白氣」，想到心中懷念的「爺爺」，從而帶出愛茶的原因。此段寫得較險，如不擅拿捏，往往補敍一筆，則描寫文很容易寫成抒情文或記敍文，就破壞了全篇描寫的格局。

● 第六段的「手中的茶溫度剛好」，那溫暖的感覺，虛實並重——即是手中茶的暖感，也是心中親情的暖意。

口，暖暖、香香的茶在口中搖盪，茶的苦澀味已被沖刷掉，剩下的只是淡淡的清香。

清香順着喉嚨沁進廣闊的心田，整個人像被一股暖暖的清香裹着，昏昏的，一種甜蜜的感覺、一種幸福的香氣，緩緩地由心田滲出，使周邊的空氣也佈滿了秋葉般的香氣，滿身均是茶香，最愛的味。

● 結段呼應前段，再利用味覺感官的意象，寫「清香順着喉嚨沁進廣闊的心田」，全文就由寫喉頭的「茶」，寄寓深意，成了心中終生回味的「茶」了。寓意確使人回味。

總評及寫作建議

本文着重描寫。描寫眼前的、具體的、可觸可碰的實物較易；寫大自然景物、寫天氣的變化也是常有的。但最難描寫的，是抽象的感官。在感官之中，寫吃寫喝也並不容易，因讀者太常得到了，故不單要求寫得像，更要求有所感通，由作者所感，傳遞到讀者之感。

本文寫茶，以多感官的描寫法，從色、香、味、溫度，以至手中所喝得到心中的甜蜜，繪形繪味，佈局多姿多彩，文筆也不流於利用成語的公式化的描述。

篇幅雖短，但隱約也在描寫中寄寓心意，而且剪裁合度，可見同學為文之苦心經營。

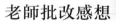

老師批改感想

　　描寫文可算是中學生最不擅寫的文體，主要是缺乏生活體驗。

　　但想深一層，每天所觸所碰所遇，耳得之而為聲、目遇之而成色，聲色皆能成文，藏於筆底。學生常礙於「非筆墨所能形容」之語，既少去用心領會所見所聞所感，也少花心思利用詞彙和修辭技法，把眼前景、心中意，化成妙筆。

　　同學如有意學文，更應在描寫下功夫，如學畫一樣，先在「臨摹」的練習中下死功夫，多寫景物，更宜搜集同題的描寫片段，比較不同作家的造意用筆，加上細心的觀察、豐富的想像、刻意的用筆，不難寫出同學獨有的文句、意境。

驟雨驟晴的夏日街頭

年級：中四
作者：馬鎮國
批改者：余家強老師

設題原因

1. 描寫文為考試中一種常見的文體，其中可以描寫人物或情景，學生宜多加訓練，本文題則以訓練描寫景物為主。

2. 學生對「夏日街頭」概念清晰，亦有相當經驗，現加上一個題材上的範圍「驟雨驟晴」，試驗學生審題及選材的能力。

批改重點

1. 觀察力與想像力、聯想力的結合能力。

2. 場面描寫／人物描寫的能力。（白描和細描）

3. 誇飾的表達能力。

批改重點說明

1. 學生平時少有訓練，幻想、聯想不足。希望本次寫作有效地利用想像力、聯想力把觀察到的事物描述出來。

2. 剛教授課文〈花潮〉，希望學生最少具有兩處景物描寫／場面描寫的文字配合所學。

3. 利用誇飾的修辭方式表達景物情況，使讀者有較具體及新鮮的感受。

批改正文

範文 　　　　評語

夏日的天氣總是十分炎熱，驟雨驟晴的變化，使人另有一種感覺，而夏日裏驟雨驟晴的街道也另有一番特色。

在一個懶洋洋的暑假下午，我百般無聊地在餐廳裏一邊喝着紅豆冰，一邊欣賞着街道上繁榮的景色。

在街道上，突如其來的驟雨降落在塵埃滿佈的地上、街燈上、車輛上，發出不同的聲響，猶如大地正在演奏一首美妙的樂曲。雨點將周圍的塵埃一掃而空，把地上洗得一塵不染。

● 運用想像力，把雨聲比喻為「大地正在演奏一首美妙的樂曲」。

人們也因為突如其來的驟雨而抱頭狂竄，努力尋找躲避雨點的安身所。他們的衣衫都弄濕了，變得不知所措，而他們的臉上都流露出一股不高興的神

● 描寫人物在驟雨下的情況。

色，好像埋怨上天戲弄他們似的。

　　街道上的車輛也因為下雨的關係，開始堵塞起來，成了一條車龍。一不小心，一輛輕型客貨車與一架小型公共巴士因爭路而碰在一起，使排在後面的車龍橫七豎八地在馬路上乾等，周而復始的響號聲，加上打在車上的雨聲，使司機和乘客都煩躁不安，叫罵不停。

● 利用典型的情況，描寫出驟雨下的景物。（場面描寫能力）

　　一縷陽光不知在何時偷偷走了出來，很快地，驟雨停了，太陽出現了，照射在馬路上的水窪上，無數的水窪仿如一面面鏡子，把路上的人和物都吸了進去，又倒映複製出來，使道路上出現了無數個「你你我我」，煞是奇觀。

● 描寫驟雨停了後的景物情況。利用誇飾法寫水中倒映的妙趣。

　　人的心情也變得開朗起來，雖然夏季單薄的衣服上仍有一些未完全乾透的水漬，但煩躁的心情沒有了，行

● 寫驟雨停了後人和物的變化。對照出驟雨前後兩幅畫面。● 景物描寫能力：寫葉子水珠的明亮。

人在街道上輕鬆地行走，享受雨後帶來的一股清新。剛才在馬路上的混亂情況也沒有了，那兩個發生輕微碰撞的車輛司機也握手言和，不知何時也駛離了現場，車道也開始變得暢順起來。植物上嫩綠的葉子也顯得生機勃勃，使人感到一片生氣，為人們增添無窮的活力。雨點留在綠葉上，猶如一顆珍珠鑲在葉上，與綠葉對比，顯得很明亮。在天空中，也微微聽到了小鳥清脆的叫聲，使人聽起來十分舒服。

　讓人輕鬆的時間總是很快過去，很快太陽又被烏雲趕回老家，蔚藍的天空也被烏雲蓋掩了。陣陣的驟雨再次降落在大地上。

　這種變幻莫測的天氣，時好時壞，真令人苦惱。這不正像人生的得失起落般？反正，驟晴驟雨的天氣總會不斷循環，只看我們用哪種心情面對而已。

● 晴朗天氣忽然又起變化，大雨又頃刻而至。● 呼應首段，配合「驟雨驟晴」的題目，由「驟雨驟晴」的天氣聯想到「人生的得失起落」，道出人們要從容面對。

總評及寫作建議

本文以景物描寫為主，最後與議論結合。內容尚算合乎寫作題旨。文章亦做到寫作前訂立之要求，首段利用了開門見山法説出「驟雨驟晴的街道也另有一番特色」作全文主線。第四、五段利用觀察把驟雨來臨的兩個情況（避雨的行人和堵車的車龍）表現出來，寫來具體細緻。第六段過渡合宜，能把細心的觀察加以幻想，產生一股妙趣。第七段至末段説出雨前雨後的兩種截然不同的情況，也説明陰晴不定的天氣仿似人生的起落不一，而心情好壞也不在於外在的事物上，反而是在乎主觀的個人感受。此部分聯想恰當，也能在日常生活中以小見大，由單純的描寫提升至議論，惜着墨不多，未能充分發揮。

颱風襲港的前夕

年級：中四
作者：黎鍵華
批改者：余家強老師

設題原因

1. 本校學生普遍不關心身邊事物，對周遭的環境亦欠缺細緻的觀察力，對描寫能力的練習不足。而描寫文正是訓練上述能力的最佳文體，所以設下一條描寫文題目。

2. 由於學生的人生經歷不多，會限制寫作內容，所以揀選了上述這條學生必定有具體經驗的題目，方便學生發揮。

批改重點

1. 佈局謀篇中開頭結尾的關係。

2. 景物描寫的能力。（白描和細描）

3. 直接描寫和間接描寫的能力。

批改重點說明

1. 開頭和結尾段落內容要有一定的關聯，例如首尾呼應。提高學生文章結構的緊密性，令讀者感覺一氣呵成。

2. 為了更具體表現文章所描寫的情況，要求最少具有兩處場面描寫的文字，藉以提高學生的場面描寫能力。

3. 利用直接描寫和間接描寫的方式表達景物情況，增強學生描寫景物情況的能力，使表達方式不致過於單一。

批改正文

範文 　　評語

暴風的前夕，通常是安靜平和，走在街上，你會感覺到整個世界仿佛都凝住了，不動了。但個中的景象，又有多少人有留意呢？

● 利用問題開展文章、帶出「沒有多少人有留意」暴風的前夕，亦與末段成呼應作用。

還記得有一次，一股強勁颱風襲港，天文台掛起了三號颱風訊號，還預計在一日後會掛更高的颱風訊號。我是很喜歡在颱颱風前夕到海邊看浪的人，喜歡感受那股大自然的雄奇力量，真正地感受那排山倒海的衝擊。

那天，海面很平靜，連風也沒有。但俗語說「無風三尺浪」，偶爾海面也會揚起一兩列頗高的白頂浪羣，仿佛是一羣穿白衣的運動員牽手跑向岸邊衝線。我再細心觀察，發現原來

● 利用比喻法把「白頭浪」變化成為「一羣穿白衣的運動員」。描寫出亂流的幾種場面。（景物描寫的能力）　● 利用直接描寫的方式表達景物情況。

海水的流向並不規律，一股亂流一會
兒撒向東，另一股又沖向西；偶爾兩
股亂流相撞，形成一個急流、一個暗
湧、一個漩渦。

正當我看得出神時，身旁的一個
不起眼的糟老頭突然說了一句：「這
次的颱風看來會很厲害。」我十分好
奇，一個這樣不堪的老頭子會懂得甚
麼。於是我便立刻追問。老人家向我
道出，原來每當有颱風時，海面便會
出現不規律的大浪，而現時颱風離港
仍有一段距離，這種不規律的大浪已
出現了，可見這個颱風很厲害。

接着，老人家又指指樹木，叫我
看看它的變化。觀察之下，樹葉沒有
一點動靜，只是樹枝偶然動了一動，
這時只要憋氣靜息，你便會感到整個
世界都停下了，空氣也停止了流動，
不會有雀鳥的歌唱，也不會有人的腳

● 描寫颱風來臨前夕
的景物情況。（景物
描寫的能力）● 利用
側面描寫表現出颱風
來臨前的張力。

步聲。沒錯，就是這種寧靜，寧靜得令人吃驚。

這種可怕的寧靜，是颱風的先行使者。愈是寧靜，颱風便愈是強勁。我終於受不住這種寧靜，立刻「逃」回家，靜待暴風雨的來臨。

經過此次後，我不多不少都掌握了一些推測天氣的技能，其給我的益處更是多不勝數。想不到一個看上去不是怎麼特別的糟老頭，竟然對大自然那麼了解，但他又不是一個飽學之士，只是平時多觀察身邊一切罷了，所以只要我們抱持一個好奇心，對身邊事物多留心，世界是充滿智慧和趣味的。

● 由一個不起眼的老頭子竟了解颱風的種種，從而衍生出「對身邊事物多留心，世界是充滿智慧和趣味的」的道理。亦與第一段作出首尾呼應的作用。

總評及寫作建議

本文以景物的描寫為主，最後與議論結合。內容尚算合乎寫作題旨，文章亦做到寫作前訂立之要求，首段利用了提問法為整篇文章定下內容主線，由自己觀察的水流變化（第

三段）到由老頭兒導引觀察，從而把颱風來臨前的幾個特殊情況表現出來（第四、五段），寫來真實而細緻。這反映出作者的觀察細心，亦順理成章地配合了寫作前的幾個要求。最後亦帶出只要對身邊事物多留心，世界是充滿智慧和趣味的道理，做到了首尾呼應。

老師批改感想

　　駕馭文字能力較差之學生往往懼怕寫作描寫文，他們通常會感到難以入手，因他們總認為寫作一篇描寫文需求大量優美的辭藻來作「包裝」。但原來陳腔濫調的修飾辭句遠遠不及一個細緻而準確的觀察和一個嶄新的描寫角度來得吸引。描寫文宜用不同角度描繪景象人物，例如同一景象在不同時間的比較（〈醉翁亭記〉中瑯琊山日夜四季變化），也可以配合不同身體感官的描寫，例如視覺、聽覺、觸覺、嗅覺及味覺（李清照〈一剪梅〉中「紅藕香殘玉簟秋」便運用了視覺、嗅覺及觸覺來渲染秋意）。所以，同學不妨多利用不同角度的觀察及不同感官的感受來練習寫作描寫文。

校園一角

年級：中一
作者：吳美莉
批改者：呂斌老師

設題原因

這是學生在學習完「景物描寫」單元後的習作，目的是訓練學生運用所學的景物描寫技巧。

批改重點

1. 利用感官進行景物描寫的能力。

2. 佈局謀篇（有條理描寫）的能力。

批改重點説明

1. 審查學生是否能掌握景物描寫的技巧，包括直接描寫、間接描寫等。

2. 佈局謀篇的能力是寫作的重要能力之一，本單元已教過學生運用步移法、有條理的視覺描寫協助處理描寫的層次，希望學生能掌握。

批改正文

 範文　　　　　　　評語

　　我的校園在將軍澳眾多的中學裏，不算寬敞，但有一個極漂亮的地方，那就是學校的後花園。

　　踏入花園，便可以聞到一陣陣清香。定睛一看，花園的兩旁種了一些形狀較大的花，葉子上有着如繁星般的黃斑點。

● 嗅覺描寫。● 視覺描寫。● 遠觀。

　　向前走幾步，有數十盆的小盆栽放在一片空地上，種了不同顏色的花朵：那紅色的小花，如正在下山的太陽般滿面通紅；紫藍色的小花，有點神祕，非常迷人；還有黃的、橙的、粉紅的……加上綠色的葉子，真的是色彩斑斕！

● 運用步移法交代觀察點的轉換，使描寫不致凌亂。● 俯視。● 各種顏色詞的運用展示了一幅美麗的彩圖。

　　再往前走，可見花園裏還種植了很多不同種類的植物，如香蕉樹、荷蘭豆、蘆薈等，各式各樣，爭妍鬥豔。

● 再次交代觀察點的轉換，使文章的描寫具條理。

我繼續向前漫步，竟然看到一個金魚缸。有數條鮮橘色的凸眼金魚在缸內游來游去，好像在嬉戲的小孩，充滿喜悅！當我靜心欣賞，竟發現有兩條全黑的金魚藏在假山後，只露出兩顆又大又黑的圓圓眼睛，十分可愛有趣！在燈光的照耀下，白色的沙粒，變成粉紅色，再加上珊瑚背景的襯托，就像處身在海洋之中呢！

校園裏的小花園真美哦！

● 又一次交代觀察點的轉換。● 視覺描寫，細描金魚的動態。

● 呼應開首。

總評及寫作建議

全文雖只有短短的幾百字，但運用的描寫技巧可不少：步移法的運用好像電影鏡頭帶着讀者漫步在花園之中；第二段先運用遠觀描寫，第三段把視角拉回來，寫腳下的小盆栽，屬俯視；第四段略寫植物；到了第五段進一步細描金魚，可謂層層深入，詳略得宜，描寫有條不紊。感官描寫方面，文中詳錄了視覺、聽覺、嗅覺、觸覺等多種感官的感受，尤其是色彩詞彙的運用，更像是為一幅黑白圖畫增添了繽紛的色彩。因此，本文值得各位同學學習。

獅子會自然教育中心所見所聞

年級：中一
作者：陳淑珍
批改者：呂斌老師

設題原因

　　這是學生在參加學校的「全方位學習日」活動之後的跟進習作之一，在此之前學生曾學習了「記敘文」、「觀察與描寫」和「景物描寫」等單元。此習作的設計目的，是希望能把當日觀察到的人、物描寫出來。

批改重點

　　1. 選材能力。

　　2. 景物描寫能力。

批改重點說明

　　1. 日常生活中的所見所聞往往是紛雜的，學生要學會如何選取重點加以描寫，這樣才能突出重心，所以本文特以選材作為評核重點。

　　2. 審查學生對景物描寫的掌握。

批改正文

範文 　　　　評語

　　三月十五日，我們中一級所有同學去了獅子會自然教育中心作戶外參觀。參觀地點共十個，分別有：郊野館、魚館、蕉林、貝殼館、礦石角、中草藥園、農作物及禾草、昆蟲館、美果園和翠竹林。在十個參觀景點中，我最喜歡及印象最深刻的有三個，那就是魚館、蕉林和中草藥園。

● 先交代所有參觀地點，然後選取三個重點，引起下文。

　　首先，我們參觀的景點是魚館。裏面有各式各樣的魚類和標本，令大家目不暇給。當我們走進「紫外光隧道」時，就像進入了海底世界一樣。細心聽聽，就可以分辨出隧道內有海豚吱吱的叫聲、嘩啦嘩啦的海浪聲，還有鯨魚躍出水面的歡呼聲等。除了聲音之外，隧道被紫色的光照耀着，歡快的魚兒自由自在地游來游去，在

● 聽覺描寫，擬聲詞運用很恰當。● 視覺描寫。

這麼優美、寧靜的環境下，大家都將煩惱拋開，想像自己在海底世界中漫步。

接着，我們就去到蕉林。我抬頭一望，只見一個綠油油的世界。走進蕉林，仿佛走進了森林一樣。我伸手摸一摸蕉葉，感覺到它平滑的葉身，好像小朋友的臉一樣。而層層疊疊的蕉葉就像一把把大扇子，為蕉樹遮蔭，令蕉樹健康地成長。這時，再傾耳細聽，就可以聽到沙沙的風聲和嗡嗡的蟲鳴，大自然的氣息真是寫意。

離開蕉林，就去到中草藥園。踏進中草藥園，仔細一看，整個園子都擺滿了不同種類的藥草。它們的表面多是很粗糙，或毛茸茸的，偶爾傳來一陣陣的清香草味，令人格外精神。有些藥草的顏色還很鮮艷呢！

參觀獅子會自然教育中心後，令

● 定點描寫，先遠觀後細描。● 觸覺描寫。● 視覺描寫。● 聽覺描寫。

● 視覺描寫。● 嗅覺描寫。

我發覺有很多東西在課本上是學不到
的。大自然真是最好的知識寶庫，今
天我的收穫真豐富！

總評及寫作建議

　　「全方位學習日」活動共參觀了十個不同的景點，每個
景點各有特色，學生不可能全部逐一描寫，只能選取重點，
這就是選材的能力。同學在第一段就明確表明自己所選取的
重點，然後分段逐一描寫，多角度描繪了在景點的所見所
聞。但學生對事物的觀察略為粗疏，未能盡顯各景點的特
色，宜作更細緻的刻畫。

老師批改感想

　　訓練中一學生學習寫作描寫文，可以結合閱讀欣賞，讓學生從一些美文中吸收養料，例如辭藻等。另一方面，也要注意豐富、甚至重建學生的經驗和感受，以作為他們寫作的內容基礎。其中一種可行的方法，是鼓勵學生運用不同的感官去認識和感受他們身邊的事物。因此，在設計以上兩篇文題後，老師都特意帶領學生去實地親身感受，並運用視覺、聽覺、嗅覺、觸覺和感覺等五種感官加以觀察，然後在工作紙上即時記下。這樣，學生對景點的印象和感受都變得具體、豐富、仔細而多樣化，文章的內容也就水到渠成了。

一位我最敬佩的老師

年級：中四
作者：鄭藹嵐
批改者：林廣輝老師

設題原因

在讀文教學方面，學生曾研習有關人物描寫的篇章，是次設題，目的是考核學生能否運用合適的手法描寫人物。

批改重點

1. 肖像描寫的能力。

2. 刻畫人物的能力。

批改重點說明

1. 肖像描寫是刻畫人物最基本的步驟。學生進行肖像描寫，容易流於空疏，未有深入觀察，於是，人物的外形特點也未能明顯展現。

2. 刻畫人物文章的優劣在於能否運用合適手法凸顯人物形象，人物形象鮮明方能加深讀者印象。學生寫人多只直接描述，較少着意運用有關的行為、事件、語言及動作等，以突出人物性格。

批改正文

範文

評語

　　這位我最敬佩的老師姓尤，她是我的第三位鋼琴老師，也是我最喜愛的老師。雖然只是短短相處了兩年，但我對尤老師的敬佩卻不是以時間來衡量的。她對我的影響尤其深遠，並非一般老師可比。

　　尤老師臉形瘦削，額上和臉上偶然會長出幾顆青春痘，暗暗顯示了她年齡不大；鼻樑上架着一副黑色厚邊眼鏡，在白白的膚色襯托下，非常突出；鏡架下的眼睛，雖然稱不上是大而黑亮，卻蘊藏着和藹可親的感覺；當老師那薄薄的嘴唇向上揚的時候，眼睛也一併瞇起來，樣子很是親切。加上她的衣着純樸，清爽不俗，深黑及肩的亮麗秀髮和不純正的廣東話口音，顯露出中國女子獨有的清秀氣質。

● 肖像描寫細緻，從臉形、眼睛、嘴唇到秀髮、衣着等多方面，都有着墨描寫。

　　我尊敬、佩服尤老師的地方，除了她是我的老師外，還有一個原因是她的教學態度。她對小孩、青少年或成人都以最嚴謹的態度去教導他們。就拿我自己當個例子，每一首樂曲，老師都會不厭其煩地示範三、四次，有時甚至一首曲子會持續三、四堂課，目的是為了令演奏更流暢、指法更熟練，務求使該曲達至完美。尤老師雖然嚴謹，但也十分細心，她會仔細聆聽整首曲子後，才作出評價，從不會中途打斷或暫停。她還會一針見血地指出錯處，令學生知悉錯誤所在，從而知所改進。

● 舉出事例，證明老師的教學態度，所用例子也恰當。

　　老師很着重拍子，她的一段說話，對我在彈琴方面影響很大。她說：「拍子在一首樂曲中很重要。一些停頓、連音等地方在樂曲中也佔重要的地位，如果沒能掌握好拍子，這些

● 通過語言刻畫人物。所用說話能反映人物性格及表達作者敬佩這位老師的原因。

音樂符號也不值一提了。因為拍子掌握不好，彈出來的音樂不能把作者想表達的感情演奏出來。」這段說話雖然對一些不懂得音樂的人沒有多大用處，可是對我卻影響深遠。此外，我認為能夠說出這番話的老師，對音樂的鍾愛和熱情也是不言而喻的。

我曾經欣賞過老師的演奏，令我十分驚訝，對老師的崇拜與敬佩大增。當她演奏的時候，眼睛合起來的樣子很是陶醉，敞開的樂譜頓時變成了擺設。老師那熟練的指法在琴鍵間來回走動，配合着大小音量、快慢的節奏，心情也隨着音樂起伏，而那音色更是無一處不清晰、不悅耳的。試想，不愛鋼琴或沒有演奏熱誠的人，怎能彈出如此優美的樂章呢？

此外，尤老師是一個公私分明的

● 通過具體的經歷讚賞老師。末句的反問能加強表達效果。

人。上課時的她，是一個嚴肅、謹慎、細心的老師。下課後的她，卻是滿臉笑容、親切友善的人。由此，可以看出她在課堂的用心、認真。

有一次，我從琴行的負責人口中得知了一件事：尤老師的學生在考試中，沒有一個是不及格的。我聽了深感驕傲，因為我擁有如此出眾的老師，這也證明了她上課的用心一點也沒有白費。

● 此段較弱。老師上課前後的不同表現未夠深入，未能產生以對比手法寫人的效果。

總評及寫作建議

本文基本上能通過刻畫人物形象，以表達作者對老師敬佩的原因。肖像描寫一段，細緻深入，最為理想。通過事件及語言寫人，亦頗為恰當。對比的運用有助刻畫人物，可多善用。末段宜多補一段，總結全文，則文章結構會更為完整。

一位令我敬佩的長者

年級：中四
作者：張嘉欣
批改者：林廣輝老師

設題原因

學生曾研習有關人物描寫的篇章，是次設題的目的，是想考核學生能否運用合適的手法描寫人物，而最重要的是學會借筆下的人物抒發自己的感情。

批改重點

1. 描寫人物的能力。

2. 從有關人物抒發感情。

批改重點說明

1. 寫人要做到活靈活現，需從多角度就有關人物進行描寫，包括人物的外形肖像、言行舉止、有關人事等方面，學生對這方面的掌握普遍不深，未能運用合適的手法進行人物描寫。

2. 由寫人到抒發情感是寫作常見的思路，兩者結合更具感染效果。學生寫作多側重描寫，較少從中抒發情感。

批改正文

範文 　　　評語

一位令我敬佩的長者莫過於我那逝世的祖母了。

● 簡單直接的入題。

多年前，我跟隨父母回鄉探親。我不知不覺地又走到那條充滿兒時記憶的小巷，走到胡同的盡頭，向左一拐，邁進了那熟悉的小院，直朝紅漆剝落的北屋奔去。突然，我的腳步停下來，門上的一把已有鏽迹的鐵鎖橫在眼前，我這才想起，自己再也不能一邊大聲喊「祖母」一邊跑進屋內，與正忙着迎出來的祖母撞個滿懷了——我再也不能見到令我敬佩的祖母了。

● 從回憶帶到現實的轉變，間接抒發對祖母的懷念。

九年前，我一直生活在祖母身邊。爸爸媽媽因不能時常回家，所以我的日常生活全由祖母照料。記得當時六十高齡的祖母是街道委員會主任，工作的繁忙決不比任何幹部

● 通過實例描畫祖母服務人羣的精神。

遜色。記不清有多少次，祖母忙了一天，剛剛坐下來想吃頓飯，可是還沒吃上兩口，就被門外的喊聲帶走了。那剩下的半碗飯，常常變成夜宵了。

年事已高的祖母從不曾放棄工作，全力地為街坊服務。當時年幼的我只知道祖母很忙碌，卻不知她為何要奔波勞碌，現在長大了，對祖母那服務人羣的精神怎能不敬佩呢？儘管每天有那麼多瑣碎的事情讓祖母忙碌、勞累，可是她依然在我身上傾注了難以言盡的慈愛和心血。

畢竟祖母是上了年紀的人，加上多年勞累，她終於病倒了。為了讓她能夠好好休息，爸爸媽媽把她接回家裏，以便照顧。可是祖母看到爸媽工作繁忙，覺得自己給兒女添了麻煩。第二天，祖母打電話叫小姑把她送回家了。爸爸媽媽十分迷惑不解——「是

● 寫祖母的為人，此段可進一步深化，以突出祖母性格。

不是我們照顧得不好呢？」只有我心裏最明白祖母的心意。祖母是一位多麼可敬的母親、多麼可敬的祖母！

我多麼希望祖母能恢復健康，可是，這一切再也不可能了，可惡的病魔終於奪去了祖母的生命。那一天，我不知道哭了多久，只記得掛着淚痕，昏昏迷迷地睡去了。夢中，我又見到祖母所做的種種事。我高興地醒來，美好的夢境再也不復存在了。我凝視着牆上祖母的遺照，心想：祖母，你是多麼令我敬佩呀！

● 抒發對祖母的懷念，利用「夢境」、「照片」帶出感受，加強了抒情的效果。

總評及寫作建議

本文能用恰當事例寫出祖母的為人，此亦是作者敬佩祖母的原因，惟可加強說明。本文能抒發作者對祖母的深厚感情，作者能借物抒懷，效果不錯。但可補上對祖母的肖像描寫，使讀者的印象更為深刻。

老師批改感想

　　學生對人物描寫的掌握一般較佳，特別是肖像描寫方面，學生懂得從不同角度進行描畫。至於運用事件、行為及說話刻畫人物，學生亦有掌握，只是人物形象的刻畫仍普遍流於片面，未夠鮮明，可見此類文體仍屬易學難精，學生仍須着意揣摩有關技巧，細意經營，方可有所突破。

火車廂眾生相

年級：中五
作者：鍾珮姍
批改者：胡嘉碧老師

設題原因

「眾生相」一類命題，曾是香港中學會考的試題，學生一般都拿捏不理想。擬設本題目是讓學生透過細心觀察，抓住景物的特點描寫。

批改重點

1. 抓住人物主要特點作簡練描寫。

2. 用「先總後分」的寫法描寫眾多景物。

批改重點說明

1.「眾生相」一類命題須抓緊景物特點，才能作簡練生動的描寫，以此為批改重點，既能審視學生是否觀察細膩，亦可了解他們對文題的掌握。

2. 用「先總後分」的寫法，能使層次清晰，有助學生掌握「眾生相」一類文題。

批改正文

 範文

 評語

「請小心月台與車廂之間的空隙……」在火車關門前一刻，一位乘客剛好衝入車廂，可是皮包夾在門中，當車門再打開時，他向我展露一個尷尬的笑容。

每天，我都會在火車內與各種各樣的人相遇。那旅途，時間只短短十數分鐘，但能夠相遇總是難得的緣分。

有時看到打瞌睡的上班一族，想起他們一進車就儘量佔個位子，希望能在短短的車程中，補充昨晚不足的睡眠。有時，又會看到一些家庭，小孩天真爛漫，永遠有用不完的精力與好奇，一上車，就把車廂看作遊樂園，扶手、柱子、車門、椅子……總能想到層出不窮的玩意，卻苦了同行的媽媽。小孩又有天真的說話：「我長大了要當火

● 以「每天，我都會在火車內與各種各樣的人相遇」一句作「總寫」，亦回應主題「火車廂眾生相」。
● 第三至七段為「分寫」，描寫火車廂內各種各樣的人。第三段先從兩類引人注目的乘客著手分寫。● 以簡練的語言「儘量佔個位子」、「補充……睡眠」描寫打瞌睡的上班一族；又以「把車廂看作遊樂園」寫活潑頑皮的小孩。

車司機。」旁邊的人也忍俊不禁。

車內有人讀雜誌報紙，津津有味；有人在收聽音樂，悠然神往；有人在談天說地，共話天南地北。

有時又會見到些好心人，看到老人家或孕婦，就會連忙讓座，換來別人的讚賞目光，也同時令坐在旁邊的年青人羞愧連連，頭也不敢抬。

兩小無猜的小情人，手牽手地乘火車，一邊看着車外風景，一邊情話綿綿，到站時仍依依不捨，不到關門一刻也不肯分開。

可是，有時也會遇到沒有公德心的人，偌大個「禁止飲食」標貼在前，仍然拿起食物大快朵頤。有些人又把垃圾隨地亂拋，引得其他乘客連連側目。

在火車短短的旅途中，觀察一下其他乘客。緣聚緣散，很快，乘客又要各散東西，可是川流不息，新一批乘客又要開始他們的旅程。

● 第四段以一組排比句分寫幾類從事個人或小圈子活動的乘客，用字能突出人物活動的特點。

● 第五段分寫好心人。以好心人讓座，得到讚賞，對比坐在旁邊的年青人的羞愧，語言鮮明生動。

● 第六段分寫小情侶。以「到站時仍依依不捨，不到關門一刻也不肯分開」描寫小情侶的纏綿，扼要精警。

● 第七段分寫欠缺公德的乘客。以「其他乘客連連側目」反襯沒公德者的討厭行為，簡潔具體。

總評及寫作建議

　　作者善於觀察，抓緊火車廂內人物活動的特點，展開
「火車廂眾生相」的命題。文章善用「先總後分」的結構，
有條不紊地對火車廂內乘客的種種活動進行描寫。作者亦能
運用精練簡要的語言，結合生動多樣的寫作手法，讓讀者對
火車廂內的眾人活動產生共鳴，從而留下深刻的印象。

　　作者以緣分比喻車廂的十數分鐘聚散，旨在借景抒情，
值得讚賞。如能再加體味，融情入景，定能更上一層樓。

學校的一位工友

年級：中三
作者：鄭慧詩
批改者：胡嘉碧老師

設題原因

學生在中二時已學過人物描寫的方法，這篇作文是學生在中三期終試（總結性評估）的作品。考卷命題作文共擬三題，考生選作一題。

批改重點

1. 佈局謀篇。

2. 肖像描寫。

批改重點說明

1. 佈局謀篇是寫作的重要能力，學生寫作時較少留意，故作重點批改，以審視學生對這種能力的掌握。

2. 審查學生對「肖像描寫」方法的掌握。

批改正文

範文	評語
霖叔——糊塗蛋叔叔。闊別多年了，昨天收到你從加拿大寄來的電郵，	● 開門見山，點明描寫對象。以「糊塗

真令我驚喜不已。你說你打算來港旅遊數天，刺激一下香港經濟⋯⋯

還記得中一的開學日，我遠遠看見你，已經覺得你像一隻「蛋」。你眼睛小、鼻子小、嘴巴小、連耳朵也小，加上你那白而疏的頭髮，遠看真像一隻「人頭蛋」。到後來和你熟絡了，才知道你最喜歡吃蛋。我心想：可能是你吃蛋吃得多了，所以才長成個「蛋樣」。

每天上學的時候，你總喜歡站在學校門口迎接我們。所以，遲到的同學都很感謝你。漸漸地，你這糊塗的行徑已傳遍整個校園，許多同學都稱你「糊塗蛋叔叔」，但你並不介意，還笑說這個名字你喜歡得很。我愈想愈不明白，怎麼有人被人改綽號還會高興，我忍不住走去問你。你「呵呵」笑了兩聲，然後像對天，又像對我說：「人生難得糊塗！難得糊塗！」這可考起我了，難得糊塗？糊塗也難得？果真是「糊塗蛋叔

「蛋叔叔」這綽號為主線，開展下文。

● 承接第一段，以「蛋」為線索，粗略描寫「糊塗蛋叔叔」的外貌及喜好，筆端輕鬆活潑。（外貌描寫）

● 以「糊塗蛋叔叔」的「糊塗」行徑（行動描寫），塑造了一位親切而深受同學愛戴的工友形象。作者繼續緊扣「糊塗」一詞描述，帶出「糊塗蛋叔叔」的座右銘，亦從側面描寫「糊塗蛋叔叔」的不拘爽朗，隱約流露出他對世情的看法。（語言描寫）

叔」，說話也糊塗過人！

到了學期下旬，你突然說你要回加拿大。或許會回來，或許永遠也不會回來。這消息很突然，很快又傳遍整個校園。許多同學都異口同聲地說要為你搞個歡送會。

在歡送會當晚，你告訴了我一件事，說你以前曾犯過大錯，雖然已經改過了，但做錯事就和在木頭上鑽釘子一樣，永遠也有一個永不磨滅的印。致辭的時候，你說了九個字——「不要在木頭上鑽釘子」。我想，不會有甚麼人明白的！

翌日，你便乘飛機回加拿大。臨行前，你送給我一塊完整無缺的小木頭匙扣，並告訴我，如果你有一天回來了，一定要我讓你看看這木頭。我半懂地說了聲「謝謝」，你便頭也不回地走了。我望着那塊木頭，上面隱隱約約刻了四個字——「難得糊塗」。

● 以「糊塗蛋叔叔」的話：「不要在木頭上鑽釘子」為文章高潮，既流露了「叔叔」對同學的關切愛惜，亦暗點「叔叔」難得糊塗的人生態度的緣由。另一方面，亦描寫了作者此刻對「糊塗蛋叔叔」的似懂非懂、似識非識，為文章的收結作伏筆。

多年後，你回來。我將木頭交給你，我有在木頭上鑽釘子。現在當我一怒的時候，便會想起那雖然小，但意義大的四個字——「難得糊塗」。你笑說：「看來你也是糊塗蛋妹妹了！」

● 末段回應首段，亦以作者也「在木頭上鑽釘子」承接上文，最後以「糊塗蛋叔叔」笑言作者成了「糊塗蛋妹妹」作結，佈局完滿。運用語言描寫，以「糊塗蛋叔叔」的戲言，表達了作者與「糊塗蛋叔叔」的情誼，亦表達了作者對未能好好實踐「糊塗蛋叔叔」的教誨而歉疚。

總評及寫作建議

全文通過典型事件和細節描寫，以倒敍手法，塑造了一位友善、親切、愛護學生的工友形象。文章在佈局謀篇上亦花了不少心思，全文以「糊塗蛋叔叔」一詞為線索組織材料，值得借鑒。末段又以自己成了「糊塗蛋妹妹」扣回主題，亦表現了作者個人與工友的情誼，值得讚賞。全文脈絡清晰，條理分明。字裏行間，表達了作者對「糊塗蛋叔叔」的思念。

在肖像描寫方面，本文用了語言、行動、外貌等角度描寫。外貌描寫方面，若能再作細描，如眼睛小得像甚麼、鼻子的形態怎樣，就能把「糊塗蛋叔叔」形象更具體勾勒出來。

老師批改感想

學生寫作描寫文，不論是寫人、寫景或狀物，一般都以事件帶動，引入主題及描寫對象。學生若拿捏失準，容易把文章寫成記敘文。

為了改善上述問題，在批改學生兩篇作品的時候，特意從「佈局謀篇」、「先總後分」等角度分析，亦顧及描寫文「肖像描寫的能力」及以簡練語言寫景特色評改，發現這些「以能力為本」的批改重點，對老師的批改、學生的學習都有裨益。假若學者及老師們能繼續發展，建立一套序列及體系，必定有助改善學生審題立意、謀篇佈局等構思能力，改善表達能力及修改能力，提高寫作教學的效益。

黑夜黎明

年級：中四
作者：蔡家米
批改者：孫錦輝老師

設題原因

本文乃學生的自由寫作，題目為事後另擬。

批改重點

1. 觀察力。

2. 細描與白描能力。

批改重點說明

描寫文的「實感」，其關鍵在於描寫是否細緻準確（描寫能力）；而描寫能否細緻準確，則建基於作者的觀察是否「入微」。（觀察力）

批改正文

 範文　　　　　 評語

　　我躺在這山頂的草地上，仰望着無邊無際的黑幕，點綴在黑幕上的，是閃閃的繁星。在被黑暗包圍的山上，皎潔的彎月指引我走到崖邊。從這裏可以看見一大片森林，這森林沒有綠的生氣，但在萬家燈火的點綴下，卻又有另一番姿彩。森林裏充滿了燦爛的燈光和溫馨的歡笑聲，阻止不了黑幕覆蓋大地，卻阻止了黑暗吞噬都市。

　　隨着時間的流逝，森林裏的燈光漸漸熄滅，潔白的明月被雲層遮蓋，點點的繁星這時亦不知躲到哪兒去了，都市隨即被黑暗的天幕緊緊覆蓋着，沒有留一點空間給光存在。

　　我仍逗留在高處，喜歡一望無際的感覺，等着黎明的來臨，這是我留

● 第一段作者準確觀察到「黑夜中的都市」的特質：都市以燈光面對黑夜的籠罩。

● 第二段將上文的「黑夜下的萬家燈火」過渡至「黎明前的黑夜」。短短的七十餘字卻細緻描繪出黑夜的變化，同時，避免犯上「燈光璀璨遼然，黑幕降臨」的描寫老套，表現了作者能將現實拆開來看，觀察到個中微妙的光暗變化。

在這兒的原因。在這夏夜裏，山頂的氣溫清爽到極點，雖然被黑暗包圍，但我卻一點也不感到孤單，因為叢林裏的昆蟲伴着我，奏着自然的交響曲。雖然我不時因被蚊子騷擾而發出「啪啪」聲，但亦沒有影響到牠們的演奏。

慢慢地，遠方的天邊泛起了一片銀白，這片白漸漸把黑暗驅趕。這時天際出現了一線金黃的曙光，把四圍的雲層鍍上了金箔。正當我看得出神時，天邊出現了半個紅球，金色的雲層這刻被染成了殷紅，雲層與雲層重疊的地方出現了絳紫，璀璨的光影，帶我進入了疑幻疑真的世界。

當我回過神來，天空已回復平常的靛藍。雖然我不會因它黯然變色而把閃耀的光影忘記，但不禁惋惜的是我忘了把這炫目的光芒給拍個照，把它長留下來。

● 第四、五段大量運用不同顏色的字詞（銀白、金黃、金箔、紅球、殷紅、絳紫、靛藍），準確刻畫出日出時的瞬息萬變，亦見作者觀察敏銳，用詞豐富。可惜的是，這段細描逼真有餘，卻繁麗不足。

總評及寫作建議

人們通常把「觀察」與「看」等同起來。其實，觀察除了「看」以外，還包括聽覺、嗅覺、味覺、觸覺以及人們的內心感受和對客觀事物的認識、評價等等。作者雖然着墨不多，亦有以「昆蟲的交響曲」作素材，使文章的主體「黑夜」不致太平面、單調，這種處理是值得欣賞的。

細描是常用的描寫方法，特點是逼真和繁麗。本文的第二段和第四段很能再現客觀事物的實際情況（黎明前的天地逐漸變黑、日出的朝霞變化），予讀者頗強的真實感。如作者能運用更多的藝術手法和修辭手法，對描寫對象（如日光、朝霞）的某些特點（端視乎作者的觀察力）作進一步的精雕細刻，必能讓讀者獲得更鮮明的印象。

這就是我了

年級：中四
作者：俞情
批改者：孫錦輝老師

設題原因

本文乃學生的自由寫作，題目為事後另擬。

批改重點

1. 語言文字運用的基本能力。

2. 運用人物語言的描寫能力。

批改重點說明

1. 文章的語言基本上要求準確、簡潔。在此評估學生是否能夠掌握語言的分寸，做到「文能逮意」的效果。

2. 評估學生能否善用人物語言來進行形象描寫。

批改正文

 範文 　　　　評語

範文	評語
雪白的隆冬、嫩綠的新春、火紅的盛夏、金色的深秋，我稚幼的心便隨着這美的蹤迹逐步成長了。	● 第一段「稚幼」詞用得準確。

　　心幕徐徐拉開，一個剃了平頭，身穿紅衣服、白短褲，穿着一對陳舊的涼鞋，用那雙明亮狡點的雙眸不斷尋找目標的搗蛋鬼。那應該就是我吧。由於過分調皮搗蛋，甚至有一個「耗子」的「美稱」呢。因為過街老鼠，人人喊打！舅舅曾說過：「黃鼠狼給雞拜年──不安好心。」原因很簡單，我可是個讓人聞風喪膽的霸王，有了爺爺奶奶的撐腰，便可以為所欲為了。更可怕的是──我還是個小小的發掘者。一雙大眼睛總是四處打轉，一旦發現了目標──新奇產品，便如毒癮發作，雙手更是情不自禁地一伸。不信？你瞧，又出事了。

　　「耗子，今天是個大好日子，你可別給我添亂！桌上的照相機更不准你對它有非分之想啊！」舅舅嚷道。「桌上有照相機嗎？我怎麼不曉得，去

　　● 第二段「心幕」用得險（少有用例）而準。● 「那雙明亮狡點的雙眸」中，本來以「眸」代眼（睛）不落俗套，惟「雙」字重用，宜改「雙眸」為「眸子」。● 「發掘者」一詞不能予人清晰的印象。● 「產品」一詞失之太窄，宜改為「事物」或「玩意」。● 「瞧」字口語感強，符合本文的調子。

　　● 第三段「嚷」字用得生動活潑。● 「不曉得」口語感強，予人「如在面前」之感。● 「油然而生」前不必加上「在心中」，此乃不言而明

見識見識。」一個邪惡的念頭便在心中油然而生。「啊！這可是最新的數碼照相機呀，不是吧，舅舅真是太好了，怎麼會知道我喜歡這個呢？嗯，碰一碰應該沒關係吧。」心中暗自慶幸，雙手更不聽使喚地一伸。這一伸可又闖禍了，只聽見兩聲咔嚓，燈光一閃，這玩意兒便「死」了。舅舅一見白光閃動，撥腿便趕來了，但為時已晚。我誠惶誠恐，支支吾吾：「嘿，嘿……這玩意兒可真是……」除了傻笑，我又能做甚麼呢？舅舅見到那部已被我「虐待」得不成樣的照相機，心痛地瞪着我。雙眼更是露出了一道殺氣。糟了，還是三十六計——走為上策。

「走？你這個臭小子，怎麼總是左耳進右耳出啊！看來逆耳的忠言對你是起不了作用吧？想試試我的看家本領嗎？」

● 「撥腿」一詞較生僻，建議改為「拔腿」。● 對應上文「（手）一伸……兩聲咔嚓，燈光一閃，這玩意兒便『死』了」，「『虐待』得不成樣」的形容似乎有點失實。● 「瞪」字用得傳神。● 這一段開始運用語言描寫，舅舅向主角的一句「可別給我添亂」，表現出他那如臨大敵般的緊張，也側寫出主角愛搗蛋的形象。● 主角在束窗事發後一連串含糊不清的回應（「嘿，嘿……這玩意兒可真是……」），非常配合「誠惶誠恐，支支吾吾」的窘態。

● 作者連續用了兩次反問（「走？」和「饒？」），成功表現出舅舅的憤怒。

「啊！親愛的舅舅，饒了我吧！」
「饒？饒是甚麼意思？你也懂啊！怎麼
不見你對我的照相機手下留情？」看
來這一頓毒打是逃不過的了。不信？
聽聽。「嗚呀⋯⋯哎唷⋯⋯」一聲接
一聲的慘叫便是我不識好歹的結果了。

總評及寫作建議

綜觀全文的遣詞用字，可以了解到作者能掌握豐富的詞彙，並力圖靈活運用以達致理想的描寫效果，但作者亦在文中犯上若干不必要的語病。（詳見「批改正文」）這些錯誤的原因是多樣的，在此不作深究。如要避免重犯，便須在提高語文水平之餘，多培養複讀修改的良好寫作習慣。

本文的人物語言相當精彩，能切合人物性格（頑皮的主角、發怒的舅舅）和典型環境（搗蛋被抓）而賦予人物個性化語言，頗能做到如聞其聲、如見其人的效果。若能在僅有的「誠惶誠恐，支支吾吾」以外配合更多適當的表情描寫，人物形象應有進一步的深化。

老師批改感想

　　依筆者經驗所得，學生寫作描寫文，每多犯上「以量取勝」的毛病，即是描寫對象甚多，而每個對象只花寥寥幾筆去作有限度的描寫，最後，大多數作品都出現諸如主體不明顯、感染力欠佳等問題。針對這情況，除指示學生須在構思上就選材作嚴謹的剪裁取捨外，宜教導學生學會細描（或曰詳寫），並提醒他們適當地運用細描，以便更生動、更深刻地表達中心思想。善用「詳寫」（應該同步地掌握「略寫」），則作文時能正確處理疏密詳略，否則平均使用筆墨，文章就勢必長而單調、多而乏味，不成其文，更不用說高潮迭起、扣人心弦了。

自由題

年級：中六
作者：黃詠施
批改者：袁國明老師

設題原因

　　本文乃學生自由創作的作品，文體為描寫文，題目自訂。中六學生一般已掌握寫作不同文體的能力，學生可以根據過往學過的寫作方法寫作文章。

批改重點

　　1. 景物描寫的「三元素」。

　　2. 細節描寫。

批改重點說明

　　描寫文主要可分為描寫「景物」和描寫「人物」。本文主要是描寫「景物」，任何景物描寫都離不開「三元素」，所謂「三元素」是指從外部觀察，都有自己的「形」（形狀）、「色」（色彩）和「聲」（聲音）。「形」，就是景物的外部形態，即外形；「色」，就是景物的光和色，能借助眼睛而被感知的；「聲」，是景物的聲音、聲響，它借助於耳朵而被感知。

　　此外，還有「味」（鹹、甜、酸、苦……）借助於味覺，「氣」（芬芳、惡臭……）借助於嗅覺；冷暖、光滑、濕潤

等借助於觸覺而被感知。但基本的描寫元素主要是「形」、「色」、「聲」三大類。藉着是次練習，希望學生可以掌握描寫「三元素」來提升描寫能力。

細節描寫，簡單理解就是細小的情節。這只是相對於重大情節來說的。但「細」到甚麼程度才算「細節」？一般學生都不能清楚掌握理解細節的「細」，或以「大」、「細」的相對概念去理解。所謂「細節」的「細」是從作品所描寫的景物、人物、情節是否具體、形象的角度去領會；凡是具體、形象的描寫，主要是景物、人物、情節的描寫，都可以稱之為細節描寫。本文以其中一節為示例去分析細節描寫，讓學生從而體味細節描寫的特徵。

批改正文

 範文　　　　　　　　評語

在這裏不會找到熙來攘往的人羣、五光十色的街道，能找到的就只有青蔥翠綠的田地及低密度的樓房，與城市比較，這裏有的是另一種截然不同的生活享受——簡樸及寧靜。

● 首段透過城市與鄉村的對比，突出鄉村的特點：簡樸及寧靜。

清晨旭日初升，溫煦的陽光從山間探出頭來，為大地帶來一線曙光。

● 第二段主要集中描寫鄉村景物的寧靜。作者透過靜景：小

陣陣涼風迎面吹拂，輕撫大地的臉龐，夾雜着青青小草和泥土氣息。新鮮的氣息，驅趕了夜間那份殘留鄉郊的陰濕涼氣。閃閃發亮的露珠亦不甘願留在葉面上，他們慢慢地從葉面流向葉邊，最後「滴」的一聲降落在泥土上，幻化成花兒草兒的養分，延續他們的生命。溪水潺潺，小魚在冰涼的溪水中暢泳，互相問候，交換昨晚做過的甜夢。雀鳥淺唱，公雞早啼，螞蟻和毛毛蟲從泥穴中伸出頭整裝待發，萬物都從夢中醒來，為新的一天努力。

人們也不例外，同樣是這般歡迎早上的來臨，站在露台上伸了個懶腰，享受第一口晨早清新的空氣，好讓涼風輕撫着自己的臉。吃過早餐，小朋友換上醒目的校服，懷着興奮的心情在鄉村的入口期待校巴的到來。農人

草、泥土和動景：小魚、小鳥、螞蟻、毛蟲等景物，具體而形象地描寫晨早鄉間的寧靜。（細節描寫）

● 第三段主要集中描寫鄉村人物的生活簡樸。作者透過農人與小朋友的活動，突出鄉間簡單而樸實的生活。

忙於施肥，讓農作物生長得更茁壯。

另一面，黃色的小鴨一隻接一隻地被趕到農場的另一邊餵飼。鄉間的生活就是這樣簡單樸實，沒有太多繁瑣的人際交往。

每天清晨，即使在簡樸和寧靜的鄉村。無論是大人還是小朋友都為自己的未來而努力奮鬥，同時亦為社會發展添加了動力。

● 最後，總結鄉村的生活雖然寧靜和簡樸，但人們充滿幹勁和動力。

總評及寫作建議

從描寫素材來說，本文透過描寫鄉村晨早的景物和人們的活動，突出晨早鄉村簡樸和寧靜的一面，關鍵在於如何突出簡樸和寧靜，作者主要透過景物描寫的「三元素」：形（溫煦的陽光）、色（閃閃的露珠）和聲（露珠點滴、潺潺溪水）編織一幅寧靜的構圖。事實上，只有處於一個外在的寧靜世界才能感受到雀鳥的淺唱、公雞的早啼聲、潺潺的溪水聲和露珠的點滴等微細天籟，同時，還需內在有一顆簡樸的心靈才能感通外界的寧靜。作者先描述一個晨早鄉間的寧靜世界，繼而描寫農人和小朋友以一顆簡樸的心靈埋首耕作和學習。

　　從描寫技巧來說，作者運用細節描寫企圖把鄉村的晨景纖毫剔透地在讀者眼中重現。要達致重塑實景，必須符合三個要求：真實性、典型性和藝術性。第一，就是狀物的真實性，作者必須捕捉景物的真實狀貌和特徵：泥土、露珠、植物、昆蟲等，還需考慮當時的季節和天氣的真實情況。第二，就是選材（描寫素材）的典型性，例如晨早的濕氣和露珠最能突出從黎明到旭日初升的時間推移和景物的微細變化。而「露珠的點滴」、「潺潺溪水聲」、「雀鳥淺唱」和「公雞早啼」等都是典型的鄉間天籟，從而突出真正的寧靜是在平時熙來攘往的鬧市聽不到的聲響。第三、所謂藝術性就是透過藝術提煉，使要描繪的景物就像在讀者的眼前一樣重現。這是藝術的「真實」，而不是物質的「真實」，必須透過作者豐富想像力的提煉，使描寫對象鮮明和生動。這樣才能超越真實，重塑現實。例如「閃閃發亮的露珠亦不甘願留在葉面上，他們慢慢地從葉面流向葉邊，最後『滴』的一聲降落在泥土上，幻化成花兒草兒的養分，延續他們的生命」。作者想像露珠從葉面流落泥土的過程，既形象生動，更添加露珠的「野心」。

自由題

年級：中五
作者：黃穎珊
批改者：袁國明老師

設題原因

　　本文乃學生自由創作的作品，文體為描寫文，題目自訂。中五學生一般已掌握寫作不同文體的能力，學生可以根據過往學過的寫作方法寫作文章。

批改重點

　　1. 正面描寫和側面描寫。

　　2. 多感官描寫。

批改重點說明

　　1. 描寫技巧一般分為「正面描寫」和「側面描寫」。「正面描寫」又稱為「直接描寫」，是從描寫對象的正面進行描寫。「側面描寫」又稱為「間接描寫」，通常用暗示、襯托等手法，從不同角度來描寫對象。但並非全文只可用「正面描寫」或「側面描寫」，而是按文章需要交互使用，使描寫對象能產生主客、輕重之感。藉着是次練習，希望可以提升學生掌握「正面描寫」和「側面描寫」的能力。

2. 多感官描寫，就是描摹多種感官經驗——包括視覺、聽覺、觸覺、味覺，都可描繪，事物的顏色、聲音、大小、方位、距離、速度、光暗等各方面的配合，形成立體感。

批改正文

 範文　　　　　　　　評語

我經常陪着媽媽到市場買做晚飯的材料，對街市的感覺只有骯髒和殘忍。因為我很討厭那些海鮮的血腥、其他惡臭和處處的污水陣。

● 首段作者用了兩個形容詞：「骯髒」、「殘忍」，簡括對市場的總體印象。

有時候我經過街市的門口，會憶起和媽媽逛街市的畫面。那裏燈光較為昏暗，蔬菜店鋪那一處地面充滿積水，有些還在蔬菜身上滴答滴答「跳」到地面。突然，我不小心轉腳一踏，踏到另一處積水，再用神一看，竟是紅彤彤的。原來是鮮魚店主人正在屠宰一尾大魚，血水沿着砧板流到凹凸不平的地面上，形成一個「小血窪」，而血花則濺滿他身上，我目睹那尾魚

● 第二至四段，主要集中描寫蔬菜店和鮮魚店的污水陣。同時，透過屠宰魚雞展示市場血腥的一面。

奄奄一息的樣子，蠻可憐吧！

而在海鮮店鋪另一邊，很多被籠罩着的田雞鮮蹦活跳，仿佛想我這個「好心人」來釋放牠們，讓牠們回到大自然的家。

我轉身來到售賣家禽的店鋪，糞臭撲鼻，雞鳴四起，大大提升了街市的噪音分貝，仿佛叫店主高抬貴手。媽媽正想要挑一隻肥雞，那位店主已選好，我看見那隻雞垂死掙扎，正想脫離店主的魔掌時，店主已乾淨利落地手起刀落替媽媽把牠切件。這時雞隻只留下自己身上的羽毛在店鋪內，難道牠是想給自己的同伴留念嗎？

我看完這幾場殘忍的廝殺後，便陪媽媽買生果，生果店主為了吸引多些顧客，所以拿出幾種生果給客人試吃，婦女們又和店主討價還價，口舌之爭又要開始呢，但對於剛才一幕幕

● 第五、六段，作者側寫市場其他人物的活動。

血腥的屠殺，她們好像無動於衷！

　　我站在街市門口等待媽媽買調味料時，看到一位小孩正在鬧彆扭，要媽媽買玩具給他。真是可悲，連小朋友也看膩了一幕幕血淋淋的「屠殺」實錄，只關心自己心愛的玩具。

　　雖然街市給我骯髒和殘忍的感覺，但它讓我大開眼界，上了一課活生生的生命教育課。

● 總結對市場的整體感覺，收首尾呼應之效。

總評及寫作建議

（一）正面與側面描寫

　　作者時而正面描寫，時而側面描寫，兩者相互運用，使要描寫的對象更鮮明和突出。

　　文中正面描寫家禽店老闆手起刀落屠宰雞隻，但側面則透過一窪從魚檔流下的紅彤彤血水暗示魚販已經了結了一尾大魚。作者透過「正面描寫」和「側面描寫」形象地描寫市場裏一幕幕血腥片段。此外，作者正面描寫魚雞的屠宰情境，另一面側寫婦女們漫天殺價與小朋友的鬧彆扭，顯示人們對一幕幕的「屠殺」無動於衷和漠視殺生。這樣透過兩個畫面，造成熱騰騰的屠宰與冷冰冰的袖手旁觀的強烈對比。

這些片段雖然是掠影，但是透過正面和側面的描寫使「殘忍」的感覺具體化和立體化。這是本文描寫突出之處。

（二）多感官描寫

如何才能使讀者親歷市場中的「骯髒」情境？其關鍵之處就是要使感覺具體和立體。所謂具體和立體就是透過不同途徑使讀者接收多種的訊息，使其對文章所描寫之情境產生立體和具體的觀感。所謂不同途徑，就是指不同的感官描寫。作者透過魚檔的血腥、雞檔的惡臭和嘈吵的雞鳴，形象地描寫市場的「骯髒」感覺，使「骯髒」感覺躍然紙上。

不過，多感官描寫的重點在於「多」，「多」是指「多層次」感官和「多類型」感官，文中只運用嗅覺和聽覺描寫，則略嫌單調一點，且欠缺層次感。故此，在這方面加強一點更佳。

老師批改感想

描寫是一個龐大家族，在此只就這兩篇文章，談談場面描寫的寫作技巧和注意地方。

這裏我參考冉欲達《文學描寫技巧》一書有關場面描寫的心得，與大家分享。

場面描寫可以從不同角度進行分析。從描寫對象來區分，有側重於景物描寫，有側重於人物活動描寫；從場面的規模來區分，有小型場面和較大型場面；從活動範圍來說，可分為靜態場面和動態場面；從活動空間來說，可分為室內場面和室外場面，但無論是哪一種場面描寫，都必須注意以下的關鍵地方。

第一、注意五種關係。

（一）詳與略

場面描寫是一個整合的描寫，包括景物、人物和細節的描寫，當中有主有客，必須詳略得宜、粗細分明。

（二）動與靜

主要是指場面上的景物和人物以及二者之間的

協調，就是要處理二者的動靜關係。

（三）作者與人物

場面描寫一般要處理一個視角問題，即從誰的眼睛去看呈現於讀者眼前的場面。一般來說，是從作者的眼睛去看場面上的一切，也有從作品中的人物的眼睛去看。

（四）順序與過程

場景一般都處於變動之中，這就出現場面描寫的時間和順序問題，也可以說成「時間差」。場面描寫必須注意它在時間上的自然順序和真實過程以及作者引導讀者去注意的順序和過程，有時二者並不一致。就算在同一場面的變動，給予讀者的印象，既有強弱之別，也有主次之分。

（五）空間與視野

主要是指場面的範圍、強度、方位和距離等。一般來說，場面的空間範圍的最大限度是以視力所及為限。故此，必須注意每一個場面的「有效」描寫視野。

第二、場面上的氣氛、情緒。

任何場面，都有一種為該場面的人物和景物的氣氛和情緒。這種氣氛和情緒的營造，一方面是真實生活的客觀規律，更主要的是作者文筆的渲染。

第三、場面描寫中的細節。

細節的刻畫，主要是突出所描寫對象的特徵，加深讀者對景物和人物的印象。

場面描寫的結構，一篇文章有的只有一個場面，有的則有幾十個場面，每一個場面，也都有自己的結構。一般場面結構，包括開合、對比和轉換三類。

（一）開合

所謂開合就是指場面的開始與結束，類似一齣戲中某一場戲的開幕與閉幕。

（二）對比

對比可以分為「景物」與「人物」感情的對比；人物內心活動與外在動作的對比，時間推移而形成情節發展的先後對比。

對比就是差別的顯示、變化的過程。這樣場面就活潑起來，加強文章的動感。

（三）轉換

轉換就是指前一場面到後一場面的過渡形態。一般分為「密接」和「間接」兩種。「密接」是指一個場面結束後，另一個場面立即開始。「間接」是指兩個場面之間有過渡，過渡的文字或長或短，本身不是一個場面。

上述眾多的技巧只供參考，毋須每樣都即時學懂，更毋須全部運用。不過，有一點非常重要，就是在運用這些描寫技巧前，先要學懂怎樣觀察。因為描寫必先從觀察入手。觀察是「輸入」，而描寫是「輸入」和「輸出」的過程。如果「輸入」不具有代表性和深刻的畫面，又如何能感動讀者。故此，最好的作家必具備最敏感的心眼捕捉最動人的一刻，正如「落花先入詩人眼」，落花無情卻落入詩人最敏感的心眼，化作他筆下萬物有情的世界。因此觀人所未能觀，才能寫出感人之最所感。

茶樓三瞥

年級：中四
作者：陳賢偉
批改者：袁漢基老師

設題原因

配合讀文教學。剛教完描寫文，故設此題讓同學鞏固在讀文教學中之所學。

批改重點

1. 描寫場景的能力。

2. 描寫人物活動的能力。

批改重點說明

1. 描寫場景的能力是學生較少留意的，故作重點批改，以審視學生對這種能力的掌握。

2. 審查學生描寫人物活動的能力。

批改正文

 範文

 評語

早上六七時的清晨時分，當我們仍享受着美夢時，茶樓已經有不少客人「歎」早茶。他們多是剛剛晨運完的老公公、老婆婆。做完一些有益身心的運動後，他們自然需要補充一下體力，故此他們點的大多數是一籠籠熱騰騰的包，或是芳香撲鼻的「艇仔粥」。也有一些長者帶着孫兒來，一小口一小口地餵食物給他們的小寶貝。他們吃得津津有味，一張張溫馨的笑臉呈現在眼前。

● 本段寫早晨茶樓的場景及人物活動。人物方面選擇了長者及幼童，當中的場面及人物活動寫得溫馨細緻。另外，從視覺及嗅覺寫茶樓具特色的食物，簡單幾筆，使描寫對象如在眼前。

中午時間來了，茶樓亦開始熱鬧起來，客人絡繹不絕地來到。有些是一家大小的，有些是附近的地盤工人，也有些是無業遊民。那些一家大小的一邊吃飯、一邊閒談，有說有笑，真令人羨慕。轉眼看那些工人，他們並不

● 本段寫中午茶樓的場景及人物活動。描寫對象豐富多樣，包括「一家大小」的、「地盤工人」及「無業遊民」等，同學都能概括地描繪出他們的行為舉止或活動模式。

那麼慢條斯理。飯一來，他們便狼吞
虎嚥地吃，就像那些食物與他們有仇
怨似的，原來他們待會兒就要工作，
不能慢吞吞地吃。他們真是一羣為生
活奔波的人啊！至於那些獨個兒坐在
一旁的人，他們慢慢地吃，又翻開報
紙細閱，為的只是消磨一點時間而已。

很快到了晚飯時段，客人也陸續
來了，不過，多了一些賓客，原來是
有人大婚之喜。他們除了大吃大喝
外，還有其他節目娛賓呢！一些男人
就在麻雀桌上「決戰」；那些主婦就坐
在一起，討論近況；小孩則在旁邊玩
耍，好不熱鬧。茶樓不僅是一個供人
消磨時間、充飢的地方，也可以是一
處讓人吃喝玩樂、尋找樂趣的地方。

● 本段寫晚上茶樓的
場景及人物活動。同
學選擇了喜宴的場景
來描寫，焦點放於宴
會前的活動，角度較
為特別，但就描寫的
豐富性來說，則較前
兩段略為遜色。

總評及寫作建議

本文中，同學選擇了茶樓上午、中午及晚上三個不同的場景來描寫，結構上的比例大致可以，但如能先作一引子才入正文，則更覺自然；而結尾幾句寫茶樓的性質，其實有總結的作用，不妨另起一段以為結語。

有關場景方面的描寫，同學大致都能選擇出典型者來刻畫，寫出場景的特色來。例如人物的活動、相關的事物及氣氛，都與描寫的場景息息相關，寫得很不錯。

至於人物活動的描寫，內容上頗為豐富，手法上以白描為主。就此建議同學可多用不同的技巧描寫人物及其活動，例如可以誇張及比喻手法寫人物的聲浪，又例如運用直接敍述／對話表現人物的個性特色，這樣可令人物與場景更加生動傳神。

尖沙咀風光

年級：中三
作者：陳梓鋒
批改者：袁漢基老師

設題原因

1. 配合讀文教學單元「景物描寫」。

2. 訓練同學準確地運用不同的技巧手法描寫景物。

批改重點

1. 同學能描寫出指定地方的景物特色。

2. 同學能運用多樣的描寫景物的技巧和手法。

批改重點說明

1. 同學寫景多模糊籠統，故本題要求同學能準確而具體地描寫出指定地方的景物特色。

2. 同學寫景每每單調乏味，本題要求同學能運用多樣的描寫技巧及手法，如近景與遠景描寫相配合，或運用生動的比喻和豐富的顏色詞等描寫景物。

批改正文

 範文　　　　　　　 評語

　　一天，我在尖沙咀的鐘樓下踱步，偶然聽到一對情侶的甜言蜜語，仿佛看到一對恩愛的鴛鴦在出雙入對。樹下的影子，好像在說黑夜快來臨；樹上的母鳥也像雛鳥般睡覺，一絲絲的睡意，傳到了我身上，我在七分醒三分醉的感覺下，十分陶醉地看海旁的鐘樓。

● 開首點出描寫地點，中間描寫人、物活動，結句寫自己，同時呼應首句，尚見層次。其中「海旁」及「鐘樓」，算是扣著文題要眼。

　　鐘樓在夕陽的照耀下，呈現一片金黃色，好像炸蝦卷一般的香氣在鼻子外徘徊。在鐘樓的影子旁邊，有一座宏偉的大樓——香港文化中心，正可以與這金黃的鐘樓媲美。天橋上一對對的情侶相聚已覺甜蜜，一家人看日落則更見溫馨呢！

● 本段寫夕陽下的尖沙咀海旁，以金色為主調，運用新鮮而生活化的比喻突出代表性的建築物。結尾的天橋及天橋上人物的活動，均為該處的風光特色。

　　太陽漸漸下山，海面的顏色都不見了，海和看海人寂寞起來，仿佛悲

● 第三至五段由眼前近景——夕陽下山後無色的海面，寫到對

傷的聲音在看海人的心裏一一響起。

對岸高樓的景色是朦朧的，好像畢加索的名畫，要加一點幻想才能欣賞。

一片迷霧把遠山隱藏起來，像我心的深處一樣，有時候，不能見得清楚……

岸遠景，運用了聽覺（第三段）、視覺（第四段）等描寫。同學寓情於景，感情豐富。

總評及寫作建議

本文以尖沙咀風光為描寫對象，主要通過對建築物及人、物活動的描寫以表達主題，大致上能達到目的。至於描寫手法亦算多樣，同學運用了近景描寫、遠景描寫、聽覺描寫、視覺描寫及不同的比喻表現景物，算是做到了具體而多姿的景物描寫。此外，同學每每寓情於景，感情豐富。

然而，就整篇觀之，篇幅略短，描寫的景物未算豐富，往往「蜻蜓點水」，未充分發揮。而抒情部分，亦非處處自然。建議同學可選擇多寫幾處景點，或作較詳細的鋪排，一則使內容更豐富，二則使抒情更自然。

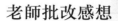

老師批改感想

　　同學在描寫景物時一般的毛病，是把描寫對象寫得模糊籠統、單調乏味，這當然與同學的觀察力及表達力有莫大的關係。因此，我們要寫一篇好的描寫文或一段好的描寫文字，得先對描寫對象有仔細而準確的觀察，了解它們的特質特徵，然後適當地運用各種的描寫手法及技巧，做到古人所言「不可移」（如某段文字，是特定用來描寫刻畫某處地方景色，不能移用於描寫別的地方）的地步，寫景準確生動，便很成功了。同學在寫景方面，不妨參考宋人范仲淹的〈岳陽樓記〉及歐陽修的〈醉翁亭記〉，其中對不同天氣及季節景色的描寫，均具體而精練；寫場景方面可師法魏禧的〈大鐵椎傳〉，其中寫大鐵椎與仇敵決鬥一幕，刺激傳神。

年宵花市

年級：中四
作者：葉婉屏
批改者：郭兆輝老師

設題原因

結合讀文〈花潮〉，讓學生學習描寫景物的技巧。

批改重點

1. 對比法。

2. 分類描寫的能力。

批改重點說明

1. 要學生運用對比法，描寫年宵市場的熱鬧，審視學生運用對比描寫的能力。

2. 檢視學生能否掌握分類描寫的「景物描寫」方法。

批改正文

白天裏，冷清清的街道，竟在一日之間變成人山人海和水洩不通的年宵花市，任誰也不認得它本來的模樣。月亮的出現，為白晝畫上句號，同時，也為年宵花市帶來滾滾人潮。

● 首段運用對比法恰當，以白天的冷清跟晚上人山人海對比，寫出年宵花市的熱鬧情況。

從高處俯瞰，猶如欣賞一幅動畫。只見人們慢慢地蠕動，仿佛要跟蝸牛競賽一樣。兩旁的攤子掛着如螢火蟲般的燈火，是在爭妍，又在鬥麗。

● 第二、三段也是用了遠近對比，描寫遊人逛花市和攤子售賣物品的喧鬧情況。

遊人熙來攘往，多數是飯後共聚天倫，閒來欣賞羣花百態和購物。遊人中不乏卿卿我我的情侶，彼此牽着手，喁喁細語，一邊欣賞攤子擺賣的商品，一邊談情說愛，好不溫馨。更多的是一家大小到來湊熱鬧，大人在精挑細選年花，期盼討個花開富貴；小孩則圍在玩具攤前，為買哪件玩具

● 分類描寫法運用得宜，把遊人分為情侶、闔家大小、大人及小孩等幾個類別，細加描寫他們在逛花市時的活動情況。

而煞費思量。有些走得累了，索性蹲在一旁享受美味的雞腿。可以說，遊人把每條巷子填得滿滿，找不到一絲空隙。四周盡是人們叫賣的聲音，他們像在比賽，愈叫愈吵，與遊人的歡笑聲和馬路上的車聲，混為一體，響徹雲霄。

右邊的攤子，放着別致的工藝品，合理的價錢配上五光十色的燈泡，引來不少顧客。左邊的攤子也毫不示弱，只見攤子前掛滿印上各種卡通人物的風車，轉個不停，隨着「新春走運」的叫賣聲，差不多每個遊人手上都拿了一個風車。當然，最受小朋友歡迎的還是售賣玩具、氣球和食品的攤子。儘管如此，擺賣年花的攤子仍是全場最多，高貴的水仙、清雅的劍蘭、清純的菊花和寓意富貴的年桔更是花市裏的主角。它們在風信

● 第四段也用了分類描寫法，將售賣不同貨品的攤子分成工藝品、風車、玩具及年花等幾類，然後描畫了每類攤子的特色或熱鬧情況。

子、燈籠花和蝴蝶蘭的襯托下，構成一幅「百花爭豔圖」，使在那兒土生土長的樹木花草，頓時全給比下去了。

雖然，每年都有年宵花市，但遊人的心情及花的美麗姿態卻不一樣，人們心裏總有新的期盼，更希望明年勝今年。

總評及寫作建議

文章大體上描寫了年宵花市的熱鬧情況，對比法運用得宜，突出了年宵花市的熱鬧。其次，作者也能成功地把遊人和攤子區分幾類描寫，但嫌不夠細緻。倘能具體刻畫遊人的歡笑、討價還價的情形和各類攤子的裝飾特點，景物描寫會變得更具體和生動。總的來說，作者能達到本文題的寫作要求。

一個令我既敬且畏的中學老師

年級：中四
作者：曾淑玲
批改者：郭兆輝老師

設題原因

學生在讀文〈出師表〉語文練習裏要以後主的角度，描寫令他既敬且畏的諸葛亮，惟表現不理想。故再以上述命題，提升學生描寫人物的技巧。

批改重點

1. 審題恰當。
2. 人物描寫。

批改重點說明

1. 要寫好一篇文章，最重要是掌握命題的意圖和要求，但學生往往沒有深入探究文題字面的內在關係，寫出來的文章便難以呼應題目的用意。所以作重點批改，審視學生審題的能力。

2. 檢視學生能否掌握外貌描寫、語言描寫、行動描寫和心理描寫等「人物描寫」方法。

批改正文

 範文 　　評語

　　在我中學的四年學習生涯裏，雖然未能認識很多老師，但是有一位卻令我留下深刻的印象，她就是張老師了。她身材略為瘦削，個子不高。她的臉形尖尖的，架着一副眼鏡，在平凡中帶有一點高貴的感覺。

● 首段點明描寫對象，一位令她印象深刻的中學老師——張老師。● 描寫人物的身高和臉形，外貌描寫粗略。

　　張老師在上課時顯得很嚴肅，為人十分嚴謹，處事公正嚴明。如果有同學犯了錯，她必會嚴厲地處罰他；但下課後，她卻表現得和藹可親，與同學一同玩樂，談談她的教學心得，讓我們覺得和她的距離拉近了一步，沒有師生的隔膜。

● 第二段以人物在上課和下課的不同表現，說明人物令人畏懼和敬愛的特點。但描寫人物令人畏懼的地方不夠具體。

　　每逢到了考試週，我的心情不能安定下來，總是戰戰兢兢的。張老師看見我這樣的情況，便主動過來開解我。當她了解我的情況後，便約我

● 以張老師在課餘替自己補習的事情（行動描寫），塑造了一個循循善誘的老師形象。

在課餘時間補習。每當我遇到問題的時候，她便很耐心地教導，使我很快便明白問題的重點，讓我改正過來。她循循善誘的態度，令我十分尊敬。她在和我補習的同時，還叫我放鬆一點，不要給自己這麼大的壓力。她這樣全心全意地開解和支持我，令我覺得她是我在學習生涯裏遇到的最好的一位老師。

張老師替我補習的時候，跟我說了一句話：「凡事只要盡力而為，便問心無愧了。」還有每當同學犯錯的時候，她便會說：「知錯能改，勇敢面對。」這兩句說話，在我腦海裏就像金句一樣。每當我遇到挫折的時候，腦海總是浮現出這兩句名言，令我從困難中振作起來，或許不可以立刻解決困難，卻可給我推動力，成為我的座右銘，把自己應做的事情做得更好。

● 作者又以「凡事只要盡力而為，便問心無愧了」和「知錯能改，勇敢面對」的說話描述，塑造了人物對學生充滿信心的性格特徵。（語言描寫）

　　張老師，你是我學習的明燈，帶領我走向一條正確的道路，使我的成績或人生趨向更光明與美好，謝謝你！

總評及寫作建議

　　文章通過典型事件的描寫，塑造了一位循循善誘，有愛心、耐性和關懷學生的老師形象。文章花了很大篇幅描寫人物令人敬愛的一面，但只有寥寥數語描述人物令人畏懼的地方，可見審題有所偏差。在人物描寫方面，本文用了語言、行動、外貌等角度描寫。外貌描寫方面，若能用比喻描述人物的五官輪廓，形象可更生動具體。文章也沒有對人物性格進行心理描寫，同學可透過老師在輔導學生改過遷善的過程中的內心焦慮，來凸顯老師對學生關懷備至的表現。

老師批改感想

　　學生描寫人物多流於平面化和機械化，未能做到有血有肉和充滿感情。學生不是不懂得一些描寫人物的基本技巧，卻欠缺了細緻的觀察，未能找出不同人物的不同性格特徵，以致寫出來的人物都是千篇一律、了無生氣。有些學生面對困難就逃避，不敢嘗試。例如心理描寫的要求較高，他就不用這種技巧，失去了學習的機會。老師宜針對學生以上的不足，設計一些練習，提升他們描寫人物的能力。例如給學生閱讀描寫人物或景物的文章時，要他們留心及分析作者的描寫手法，這對學生的描寫技巧必定有很大的幫助。

試場內外

年級：中七
作者：柯穎騫
批改者：陳月平老師

設題原因

描述印象深刻的場景，以個人經驗為題材，題目則自設。

批改重點

1. 氣氛描述。

2. 修辭技巧，如排比法、對比法的運用。

批改重點説明

1. 運用感官的渲染描述，凸顯身處的場景，要求學生運用最少兩種感官描述。

2. 利用修辭手法刻畫場景，故此要求多利用對比法、排比法等，使文句產生氣勢。

批改正文

範文 　　　　　評語

　　會考，給我最深刻的印象並不是派成績單的那一刻，而是會考時的氣氛。

去年應考數學科的時候，我記得是滂沱大雨，天文台發出雷暴警告。考生們慌慌忙忙跑進試場，陣腳被大雨弄得亂了，顯得不知所措。試場外的地面濕滑，一個個鞋印順序地排列。跟着鞋印，你能順利到達試場。當中，我發現了有趣的東西，原來從鞋印的深淺，可反映出考生的應考心情。天色烏黑，不時打雷，地面濕滑，鞋印滿佈，加上考生們慌張的樣子，構成一幅圖畫，真是天公不做美。

當我踏進試場，那嚴肅寂靜的氣氛有點可怕。監考老師全是陌生的面孔，且木無表情，嚇得同學們的冷汗不斷流下。當大部分考生已經進入試場後，還剩下十多個空位。有些姍姍來遲，進入試場時更是睡眼惺忪，足以證明他對數學科的漠視；有的大搖大擺而衣着誇張，顯是經過悉心打

● 第二段寫考生狼狽地應考的情況。● 視覺描寫既生動又傳神。● 寓情於景，表達作者的憂懼之情。

● 第二段速寫試場內人物的情狀。● 誇張手法的運用，突出試場的考試氣氛。讀來使人如臨其境，表達更具形象。● 排比句的運用，速寫考生的不同情態，既可增加文章的氣勢，也有助達意。

扮，可見他來炫耀自己的衣着多於數學的知識；有些則慌張地跑進試場，看來是因昨晚「開夜車」而遲到吧！最後，試場有五至六個空位，由開始至結束考試也是空空如也的，他們真的放棄了。

監考官一宣佈開始考試時，眾考生全神貫注，仿佛個個也是數學天才，信心「爆棚」，當然我也不例外，因為這是絕對不能輸的一場仗！一開始便用盡力向前衝。大概半個小時後，有些考生已經開始軟弱無力了。回頭一看，有些更從來沒有跑過，因為一開始時已經睡着了。對於其他考生來說，真是一個天大的喜訊，原因是愈多低分的人愈會把自己的成績拉高。所以，考生團結得用了寶貴的一秒鐘笑了一下。耐力、腦力皆準備足夠的考生，大多堅持至最後一分鐘，

● 第四段寫考試期間的情況。● 夾敍夾議，描述考生的心理；同時，表達個人對考生的看法。

他們用盡一分一秒來複查試卷，不容有失，歇斯底里地把試卷翻了又翻。還有一些考生中途身體不適離場呢！但是，有些人情願走出校外打一個電話、抽一根煙也不盡最後努力，與堅持到最後的考生有天淵之別。

「停筆！」監考官這句話說得特別有勁，而且狠！未完成試卷的學生，眼角立刻滲出淚水，苦苦哀求且無奈的樣子，仿佛口裏唸：「上帝，請你給我多一點時間！」然而，一些剛睡醒的考生還不知道是怎麼一回事；勤力的考生，終可鬆一口氣，為下一科繼續努力。

● 第五段利用對比手法，寫出考生的無助和無奈。● 對比能凸顯描述的對象。

離場時，各人也拿着手提電話，與遠方的友人討論不停，不過話題有別。「喂！你知道乙部第三題是怎樣算嗎？」「喂！你的時間夠嗎？」「喂！很餓啊！不如去有午餐的卡拉OK啊！」

● 第六段通過對話反映各人的心情。● 對話的運用，既生動傳神又簡練。

「我這次完蛋了，大部分都漏空了！」

這些說話、神態，為考生定下了一個答案，有期望的繼續期望，期望自己考試成績理想；採取放任態度的繼續放任，隨自己意願幹想幹的事情。所以，他們的目光、神情是不一樣的，然而，把烏黑的天空、濕滑的地面、滂沱大雨襯托在他們身上，湊起來還是一幅令人有壓力、氣氛緊張的圖畫。

● 結段首尾呼應，突出考試為學生所帶來的壓力。● 寓情於景、首尾呼應的寫法，加強渲染氣氛。

總評及寫作建議

本文通過對試場的氣氛渲染，速寫考生的各種情態，表達考試對考生造成的困擾，自然流露出作者的憂懼之情。其中，夾敘夾議考生於應考中的反應（第四段），可見考試對考生造成的心理壓力，所以本文的情感表達自然流暢。在內容方面，若能稍提個人在試場上的感受，結構會更為勻稱。

在寫作技巧方面，作者着力於氣氛的渲染，其中運用視覺描摹作首尾呼應，結構嚴謹，深化在試場上不安的感受。此外，通過對話表達不同考生的心態，簡練又生動。

放學後的校園

年級：中四
作者：羅俊威
批改者：陳月平老師

設題原因

配合描寫文單元的教學，描述學生最熟悉的環境——校園，描述的時間可自由選擇。

批改重點

1. 對景物的描寫，利用「五感」的寫作手法。

2. 修辭方面：顏色詞的運用、擬人法、對比法。

批改重點說明

1. 要求學生運用最少兩種感官的描述，間接表達個人對事物的觀感。

2. 修辭手法的運用，有助個人主觀感情的渲染，故此要求學生嘗試多運用顏色詞描繪景物，或利用最少兩種其他的修辭技巧。

範文 評語

「鈴……」急促的下課鈴聲，敲打着那羣活潑好動的男孩子們的心，喚醒那些昏沉的大懶蟲，截停了那個喋喋不休的老師，卻叫那些好學不倦的好學生失望，即使他們已因抄寫筆記而疲憊不堪了。

「老師再……」那個「見」字還沒說完，我們已背着書包箭步飛出課室，奔向那充滿歡樂的籃球場、充滿歡笑的學生會。即使西斜的太陽煎熬着那羣活力充沛的熱血青年，令他們的熱汗撒遍球場，可他們仍恐怕會浪費任何一滴青春的烙印，拼命在籃球場上奔跑、歡呼。另一邊廂，在學生會門前的桌椅上，總是肩並肩地擠滿了一大堆低年級的同學，先是嚷吵着要借這、要借那，不消數分鐘，學生

● 第一段速寫校園內各種人物的情態。排比句的運用，如影片展現畫面。

● 第二段動態描寫放學後校園的熱鬧氣氛。● 作者從聲音、動作作細緻的描述，學生活潑的情態表露無遺。

會的哥哥、姐姐，都張開了手，搖搖頭，可是沒借到的，也不愁寂寞，馬上靠去那堆正玩着康樂棋、遊戲卡的人羣裏，周遭散發着汗臭味。在旁吶喊助威的，有時忍不住指點一兩道棋路，卻換來同學的咒罵。

在校園青葱的花圃裏，長滿各式各樣茂盛的蔬果，有通紅的西紅柿、青嫩的青菜、墨紫的椰菜、飽滿翠綠的青豆，七彩繽紛的蔬菜，令十來丈的花圃充滿生機。放學後，辛勤的學姐們仍悉心照料她們心愛的結晶品，將雜草拔得一根不剩。施肥、澆水、修剪，她們的動作純熟利落，顯然是她們常常來這裏下苦功，連長在台階上的大紅花、野玫瑰，也連忙點頭微笑，和清風傾訴、讚頌這羣熱心的「農夫」。這片生機勃勃的花圃，為這熱鬧的校園，送上青翠的點綴。

● 第三段主要是作靜態描寫。● 視覺描寫：細緻描述植物的特點。顏色詞的運用，使景物栩栩如生。● 擬人法的運用，表達作者對學姐們的讚美，生動而貼切。

在寧靜的圖書館裏，很多好學的學生在找尋知識，正看得津津有味，令環境佈置優雅的圖書館，增添幾分書卷味，精緻的盆栽，顯得格外盎然。

但是，一羣搗蛋的頑皮學生，把整個校園當作遊樂場，大呼小叫地奔跑着，可是，不消一刻，便被維持學校紀律的風紀「處置掉」。走着走着，香氣洋溢整個校園，一定是從家政室傳出來的，香甜的糕點使我垂涎。

抬頭一看，太陽已悄悄跑到山的那端了，那羣精力無窮的男孩，也倒在球架下，呼呼地喘息着。熱鬧的校園，開始寂靜下來，同學拖着疲乏的身軀回家。校舍披上一件橙紅薄紗，靜靜地沉睡在夜幕下的星空。

● 第四、五段是動靜對比的描寫。靜態描寫配合圖書館的氛圍。● 聽覺描寫，生動表現學生搗蛋的淘氣。● 嗅覺描寫，使校園充滿了溫暖感覺。

● 結段時間的推移，描寫出校園的靜謐氣氛，流暢自然。● 擬人法的運用，描寫生動。

總評及寫作建議

　　本文描寫的是生氣勃勃又富生活氣息的校園生活。作者用速寫描摹校園的人物情態，凸顯校園多姿多彩的生活。文中無論動態或靜態的描述，皆能勾勒出人物和環境的特徵，生動逼真。

　　作者利用「五感」的描寫，如視覺、聽覺等的手法，皆十分出色，有助氣氛、情感的渲染，例如對搗蛋學生的淘氣描繪，如在眼前。另外，運用顏色詞描摹事物尤佳，呈現繽紛的畫面。

老師批改感想

一般而言，學生寫作描寫文較容易流於泛述，故此要先確立描寫的場景，包括所涉及的人、物之範圍，可先作速寫描繪，勾勒出事物的特徵，向讀者展現所描述的對象，並輔以個人的情感。

寫作描寫文應多運用修辭技巧，如「五感」的描述、擬人法和比喻法等可多作嘗試，通過這些側面的描寫，能起襯托作用，凸顯個人對事物的情感。

秋之變奏

年級：中五
作者：吳澤標
批改者：陳傳德老師

設題原因

同學不太掌握描寫抽象事物的能力，所以在平常練習設題訓練他們相關的能力。

批改重點

1. 描寫抽象概念的能力。

2. 運用隨時推移法的能力。

3. 面對不同景物，抒發感受的能力。

批改重點說明

1. 考驗同學能否把抽象的秋天寫得具體。

2. 題目指明是「變奏」，所以能寫出秋天的變化愈多愈好。

批改正文

 範文 　　　　評語

　　陣陣涼風撲面，秋天的氣息再次拂動我的神經線。我的身體作出過敏反應，病了一場。生病期間，不時會有疲累的感覺，亦不時會有「靈魂出竅」的情況，或許因為這樣的理由，我完完全全地感受到秋天的變化之道、可愛之處。

● 第一段交代了自己為何會感受到秋日變化的原因。

　　秋天的清早，給人一種清爽的感覺，不像夏天，渾身上下都像浸過「泥漿」一樣，很不自然。清涼的風迎面而來，把早上還半醒半睡的我喚起，連人帶心一併捲進新的一天，接受新的挑戰。動物不再號叫，平時喧譁得很的動物頓時安靜下來，人們早上的談笑聲亦銷聲匿迹，往日人來人往的街道變得渺無人煙，一同靜下來接受秋天的洗禮和祝福。

● 第二段寫秋天早上的清涼，用夏天做對比，更顯秋天的清爽。● 寫街道的寧靜，說成是想接受秋天的祝福，較有詩意。

秋天的正午，溫度稍稍比早上高了一點，雖然陽光猛烈照射，但是依然毫無半點炎熱的感覺，反而蠻清爽舒服，要不是我臥病在牀，一定會出外走一趟，感受一下大自然的奧妙。我在午飯後扭開了唱機，坐在涼風輕吹的沙發上，一面聽着悅耳的旋律，「飯氣涼氣攻心」使我的眼皮重如千斤的大石，漸漸地，我走入了夢的世界，這就是「秋天」這位神祕的魔法師給我看的第一個魔術嗎？

秋天的傍晚，夕陽西下，橘紅色的光線從玻璃透射到我的房間，把書架上的書、鋼琴上的琴鍵、光碟架上的光碟，一一染成了橘紅色，耀眼得很。這個時候，我看着對面山頭上的花草，失去了往日的光彩，清勁的涼風，暫時帶走了他們的靈魂，只剩下枯乾的軀殼。幸好，這個時候，

● 第三段寫秋天正午，涼風加上午飯的影響，說秋天是魔術師，既配合主題「變奏」，也使秋天形象具體，使用的是借喻手法，使讀者對秋天感覺耳目一新。

● 第四段寫秋天傍晚，用了很多顏色詞寫秋色，再用畫家畢加索都及不上，來比喻及突出秋色的美，形象貼切而具體。

秋天化身成為一位畫家，為他們加添新衣，樸素的外表看起來可要比之前的還要美出一千倍、一萬倍，甚至更多更多。連畢加索也不可與他相提並論，他的作品比所有的名畫家更加別具風格、更加偉大、更加傑出。他下筆鋒銳，把色盤上的顏色發揮得淋漓盡致，皴染整片大地成為黃色，比向日葵更搶眼。

秋天的晚上，給人一種憂愁的感覺，這位心事重重的少女，身形纖巧，性格溫柔體貼，心細如塵，一雙細細的眼睛略帶點憂鬱，一把黑黝黝的頭髮，櫻桃般的小嘴，全身上上下下都散發着一種與別不同的氣質，孤獨地坐在山頭上一個不顯眼的地方。要不是我身體不適，沒事繁忙，特別留神，決不能留意到她的存在。以為這不過是一個普通的夏夜，又怎會察

● 第五段寫秋夜的靜，寫法並不重複寫秋天早上的手法，而是用憂愁少女作比喻，突出其中的哀愁，把秋天晚上寫得形象具體。

覺到風中的悲涼？怎會聞到植物面對

凋謝時的蒼涼？

凌晨時分，我服過了藥，然後伏
在書桌上，「母親」白皙幼滑的手輕輕
地掃動着我的頭髮，使我漸漸熟睡。
在我醒來的時間，一片橙紅色的楓葉
不知何時飄進來，在窗台上斜放，或
許是秋天送給我的見面禮。

● 第六段寫秋夜涼
風如母親的手，使服
藥後的「我」墮入夢
鄉，呼應了開首說自
己生病，令結構更見
精密。

總評及寫作建議

　　文章作者寫抽象的季節常用比喻及擬人法，使秋天寫得
別具生氣及活潑。不過，第五段寫秋天的憂愁時，有描寫喻
體過多，而主體描寫較少的情況，如把比重調節一下更好，
才能使「秋」的主體更清晰。同學寫描寫文時，不只要展現
豐富的修辭技巧，運用的修辭必須與描寫主體相關才有意
思。

寒流襲港下的將軍澳

年級：中五
作者：譚淑瀾
批改者：陳傳德老師

設題原因

本文乃學生考校內試時的作品，文體為描寫文。學生寫描寫文時，若欠「描寫」等指示文體的詞語，往往寫了記敘文，又常有詳略不當的情況，限定描寫範圍，可考驗同學的審題能力。

批改重點

1. 審題立意的能力。

2. 人物描寫、景物描寫、細描與白描的能力。

批改重點說明

1. 學生一般所犯的難點往往是描寫人物時，偏重外貌描寫。

2. 學生多用白描，少能細描，出題是想測試學生的審題能力，和掌握在特定時間、環境下，細描人物、景物典型特徵的能力。

批改正文

 範文　　　　　 評語

「寒流逼近本港了……」，關上電視，心裏即感歎一聲，不知道我身處的將軍澳又會變成怎樣？會不會像一場戰爭呢？

● 第一段先把寒流襲港比作戰爭，營造了山雨欲來的氣勢。

寒流悄悄地來到了，尚德邨的居民起初也不大發覺，但突然，將軍澳就像被突襲一樣，大家不想發生的事也發生了。「寒流！寒流！」現在人們每天也談個不停，可真令人煩惱！

整個香港已經被寒風包圍，風無處不在，我躲在尚德邨中最隱蔽的角落，也可以感到它的存在。雖然風平常不是甚麼特別的東西，但在將軍澳，風卻變成了一樣可怕的武器。它就像刺針、像子彈、像小刀、更像冰棒……當你感到它的存在，就知道它的威力。無論將軍澳居民身體是多麼

● 第三段用自身經驗，先說明了寒流的厲害，再描寫將軍澳居民如戰士，呼應了上面的比喻。用了居民的反應寫出寒流的強勁。

的強壯，不管大家穿了多少的衣服，也避不了它的攻擊。它刺得大家不能再說出話來，射得大家的身上有數百個子彈孔，打得大家垂下頭來。寒風使將軍澳的街道上只剩下一些散兵游勇，為了上班上學而拉緊衣襟，繼續戰鬥，小市民似乎命中注定要與這寒流決戰。

除了人們受盡這寒流之苦外，寒風連將軍澳一些植物也不放過，肆意摧殘。行人路上的人已漸漸稀疏，但我想不到一些平常多得不會留意的東西也消失了不少。可能將軍澳是新市鎮的關係，栽種的樹木也很多，不過今天見到樹木的水分都蒸發了，顯得有點頹唐，缺乏生氣，青草都凍死了。

寒風憑他無窮的氣力，一連把三棵樹推倒了，平常傲然挺立的老樹，都被打得抬不起頭。這寒流太可怖

● 第四段由寫人轉入寫物，用平常植物的形態，突出現在小植物的頹唐。

● 第五段由小植物再寫大樹，再回寫居民在與寒風搏鬥後的勝敗。除了視覺描寫外，還有聽覺描寫。

了，令人驚慄不安，使將軍澳也像死城一般。寒流戰勝大地後，人世變成了地獄，寒風不停咆哮，樹葉邊掙扎邊發出哀怨的悲鳴。地上的垃圾不斷慘叫。寒風吹過，發出陣陣沙沙聲，提醒行人它的威力，像警告萬物做好遭受踩躪的準備。

將軍澳所有地方都呈現亂象，每人都為保護自己而努力，沒有人理會地上物件喊聲載道。因為寒流太可怕了，大家希望它匆匆地來，悄悄地走，想儘快趕回家中。我期望上天給將軍澳一個燦爛的微笑，為大家帶來一個溫暖的新開始，脫離這個可怕的戰場。

● 第六段寫人們的自顧不暇，再突出了寒流的威力，並運用擬人法，使人感到寒流的威力。

總評及寫作建議

這篇文章寫的人和物都環繞在將軍澳的道路,而且寫的一切都與寒流有密切關係。設定寫室外環境,而且以街道的人和物作主要描寫對象是聰明的做法,因為寫的對象可以較多,而且更能顯出寒流的影響。

文章修辭手法多種多樣,人物描寫和景物描寫的比例恰當,而且寫的人和物都很生動,集中寫上班人士,不寫其他各式人物,雖然會使描寫的人物的類型較少,但更能配合戰場的意念和突出蕭條的氣氛。

作者不時會提一下將軍澳的屋邨名字,提醒讀者寫的是將軍澳之餘,也是讓自己不偏離題目的好方法。

老師批改感想

　　一般的描寫文，主要是寫人物及景物，老師出題時，可以一時指定寫人，一時指定寫物，一時要求兩樣兼寫，才能訓練同學的審題能力。

　　雖然公開試考題較少要求學生描寫一些抽象的概念，但對抽象概念的描寫，同學不太掌握，容易有不切題的毛病。讓同學思考抽象事物的特徵，對訓練觀察能力很有幫助。同學寫描寫文，選材時很容易陷入窠臼，與其他同學寫的內容分別不大，故構思時宜多花心思選材。

我校的一位校工

年級：中五
作者：郭佩恩
批改者：彭志全老師

設題原因

學校一位校工即將榮休，課堂上提及此事，有些學生也就此談到一些往事，表達了難捨之情，故以「我校的一位校工」為題，學生就其個人的經歷，描述對校工的認識。

批改重點

1. 觀察力。

2. 肖像描寫能力。（語言和外貌）

批改重點說明

1. 審視學生對觀察力的掌握。

2. 審查學生對肖像描寫能力（語言和外貌）的掌握。

批改正文

範文 　　　　評語

「財叔，早安！」、「財叔，再見！」這些聲音不管甚麼時候都能清

● 第一段以語言描寫開始了對校工財叔的介紹。一句早安與再

晰可聽。究竟財叔是甚麼人物？是老師，還是明星呢？錯了！財叔只是我校的一位校工。

胖得像一個大冬瓜的體形，頭髮蓬鬆得像剛剛測試化學物質失敗後的模樣，即使出席高尚酒店進餐卻仍然掛着他那骯髒得很的「百寶袋」，這全是財叔特別之處。

在學校裏，財叔在同學的心目中並不輸給任何一位老師。只要同學們有甚麼奇難雜症都會找財叔求助，當然不包括學科問題吧！那時剛升中一的我，也好奇為甚麼學兄學姐們經常對我們說：「有甚麼奇難雜症找財叔便可以了！」原來是真的……那時貪玩的我，在與同學們玩追逐遊戲時，

見，也預示了下文提到跟財叔的認識和告別，並表達對他的懷念。首段是透過語言描寫，把自己平時常聽見的幾句話引出。雖寥寥數語，卻有細緻傳神之效。

● 第二段觀察點着眼於財叔的體形、頭髮與常攜帶的袋子上，沒有進一步細緻的描寫，但這倒見作者的用心。作者把最能代表財叔的幾項特點寫出來，使讀者印象加深。

● 第三段寫學生有疑難多向老師求助，但學生有「奇難雜症」反向財叔求助，作者透過她自己的親身經歷，反映財叔的多方面才能。透過心理與語言描寫，僅僅幾句短短的描述，解釋了財叔受歡迎的原因，是建基於他的本領與樂於助人的個性上。

「呼」的一聲，才發覺我那違禁品——手提電話掉在地上，怎料「它」竟然昏睡了，心想：今次定遭媽媽的連環射擊槍射斃了！我忍不住大哭起來。「不用哭了！交給我！」財叔溫文地在我耳邊輕聲說了一句。然後，便把我的違禁品帶進了他的「休息室」，在「百寶袋」拿出工具來，不消二十分鐘，我的違禁品便甦醒了。

我看看財叔的「休息室」，擺滿了同學們的感謝卡和禮物。特別一張寫道：「財叔，謝謝你上次給我弄的中藥，我感冒好多了，謝謝喔！還有，我真的像你的孫子嗎？乾脆你和我成為乾爺孫好嗎？」我藉着這個問題問財叔孫子的事，原來財叔的孫子到了外國留學，他看見我們就像照顧孫子，所以他很喜歡和我們嬉戲，照顧我們學校裏的生活，還說看見我們快

● 第四段描述參觀財叔的「休息室」的所見所聞，以卡片式的語言描寫，道出學生對財叔的愛戴，並借學生的問候話語交代他的家庭背景，也回應了為何他會特別對學生如孫子一般的看待。

樂，他便樂透了。難怪他這麼受同學們的愛戴。

五年了，我在這所學校快五年了，財叔的人氣比明星更高，他那傻傻的笑臉給人有股無限的溫暖，他幫助同學的善心，永遠都會留在我的腦海中。

● 第五段文章結尾與首段互相呼應，對於財叔的印象以平常觀察所見，最具代表性的是他的笑臉，這張笑臉與善心，使作者對財叔產生無限的懷念。

總評及寫作建議

要表達對一個人的懷念，讓別人也能感受那份情味，人物形象確立的成功與否，成了一個頗為重要的關鍵。本文要表達對一位校工的懷念，選用他哪些特點代表他才好呢？作者透過觀察，選擇了以語言及外貌重點描寫人物的形象。語言透過聆聽，外貌透過觀察，本文的描寫次序先從語言，再從外貌確立人物的形象，這有點像未見其人、先聞其聲的意趣。此外，再通過一些事件的敍述，讓讀者更了解，許多人對他懷念的原因。本文確切能使人對所描寫的人物，有頗深刻的印象。

至於文章不足之處，可能是字數所限，在描寫的細緻上、文辭的修飾上仍有所不足，有待改善。不過，作為寫作的練習，還是一個不錯的嘗試。

驟雨中的鬧市景象

年級：中五
作者：賴盈瑩
批改者：彭志全老師

設題原因

為加強學生的場面描寫能力，特設一個場景讓學生據此加以書寫，其中寫得較好的是這一篇，故特選來作為批改材料。

批改重點

1. 書面表述（包括：語法、修辭、標點、遣詞造句等）的能力。

2. 場面描寫（白描和細描）的能力。

批改重點說明

1. 評改學生的書面表述（包括：語法、修辭、標點、遣詞造句等）能力。

2. 審查學生對場面描寫能力（白描和細描）的掌握。

批改正文

 範文 　評語

我百無聊賴，於是往街上走走，還順便帶了最愛的白色日本傘。今天陽光普照，為甚麼要帶傘呢？因為天氣預報說很可能會下雨，我便好像被施了咒似的，乖乖地帶傘出門了。

一路上，看不見多少人像我一樣帶傘。再抬頭往上看，太陽公公依然神氣地高掛着，一點都不像會下雨的樣子。不一會兒，我已走到報紙檔旁，有一位挺強壯的中年男人正推着一箱子雜誌、書籍來到報紙檔前。瞧！他臉上佈滿了汗水，一直延伸到頸部、手臂……全都是汗水，他還不斷地用掛在頸上的毛巾拭乾汗水。頓時，我才感到空氣的悶熱，像是原始森林快要下雨般的悶熱。我心裏想，難道真的要下雨嗎？此時，一位女士過馬路時，恰巧有另一個推着水果車

● 第一段起首以「百無聊賴」交代上街原因，簡潔而清晰。下面利用「像被施了咒似的」一語解釋自己帶傘的心態，頗為有趣，也為下文展開了很好的鋪排。

● 第二段描寫下雨前的景象。作者巧妙地利用人物的動態與自己的感受，為下雨前增加強而有力的烘托。● 以「太陽公公依然神氣地高掛」的擬人法，生動形象地表達天氣晴朗、陽光猛烈的景色。● 描寫推着雜誌與書籍的中年男人一段，着墨甚多，是為了要利用人物的情態，反映雨前的悶熱天氣，為下面驟雨一段作一個引子。● 另外，描寫推車的老婦人爭吵、小女孩耍脾氣一節，使當時街道熱鬧的場面生色不少。

的老婦人經過，水果車把地上的污水濺到女士的絲襪上，把她的腳弄髒了，變成好像斑點狗的腿似的。這女士非常不滿，便與老婦人理論起來。俗語有云：「三個女人一個墟。」現在只有兩個女人，也是一個墟了。煩厭之際，又來了一個不速之客。是一位可愛的小女孩在大哭，媽媽把她撇在後頭，一臉生氣的模樣，而小女孩只好拉着媽媽的衣服，一邊哭一邊隨後跟着。

不知何時起，天空暗起來了，一道又一道的閃電像照相機在照相似的。太陽公公、白雲小姐看來無奈地被一向霸道的黑雲先生給遮住了。不消一會兒，雨嘩啦嘩啦地下起來了，把樹木吹得有點兒把持不住，但它們仍有永不言敗的精神。瞧！車站上的人如閃電般逃竄，剎時，街道上人來人往，左穿右插，每個人都被突如

● 第三段渲染驟雨的來臨入木三分。借擬人法的描述，把天氣的突變描寫得生動有趣。驟雨下的樹木、行人，分別用了擬人法與誇張手法把人與物的情狀描寫得栩栩如生。● 場面透過人與物的活動表露無遺，兩者的配合挺不錯。

其來的雨弄濕衣服、鞋子……狼狽極了。穿高跟鞋上班的女士顧不了儀態，拿着公事包來遮擋雨水，從這兒快速地跑到那兒。原來遇上緊急事情的時候，穿高跟鞋的她們也可以像火箭般快速地逃走。

報紙檔的老闆娘慌忙地收拾擺在外頭的書籍，剛才提到的強壯中年人也來幫忙，呈現守望相助的精神。那兩位爭吵的女人，因為大雨忽然襲來，她們也各自逃奔了。老婦人正想把水果車推到對面街道時，怎料，車子不聽話地絆倒了，大部分水果掉落地上，老婦人把水果車推起來，站穩後，又蹲下去，趕忙把地上的水果撿起來，被雨水拍打的身軀顯得格外淒涼。頃刻，有幾位好心人幫忙把水果撿起來，其中一位中年人把傘讓給她，又幫忙把水果車推到對面街上。

● 第四段寫前面的人物在驟雨來臨時的表現各有不同，可說是前一段的延續。在驟雨下，每人都為避雨而各施各法，在各人都自顧沒餘暇的時候，仍有人肯伸出關懷之手，為這個驟雨中的鬧市，平添了幾分人間有情的意趣。
● 同時，作者以移步換景手法，從不同的視點描寫場面，再配合豐富的詞彙，動、靜態的描寫，使文章生色不少。● 這一段與第二段前後呼應，從驟雨前後的人物變化，把場面的形象凸顯出來。

老婦人感激不已，眼角泛着淚光。看着看着，我不自覺地會心一笑，從這件小事，又再一次反映守望相助的精神。咦！那不是剛才還哭哭啼啼的小女孩嗎？她的媽媽不再撇她在後頭了。小女孩乖乖地窩在媽媽的懷裏，甜絲絲的、笑意盈盈的，媽媽還不時用食指點點小女孩的鼻頭，多麼幸福的一幕啊！甚麼？有個小男孩為了避雨，竟避到樹下去了，怎麼會這麼笨啊！我快步過去，把小男孩拉到自己的傘下，告訴他不可以在樹下避雨。他水汪汪的眼睛告訴我說他不曉得。他露齒而笑，展示可愛的一面，看他這個模樣，我不禁也對他莞爾一笑。

突如其來的雨，在一個小時後停了。在這短短的時間裏，鬧市比昔日更熱鬧，而且比昔日驟雨中的鬧市多了份情意。淋濕的身軀不是狼狽，而是幸福。

● 第五段以簡短的文字結束全文，場面描寫中反映都市的人情味，趣味盎然。

總評及寫作建議

場面描寫要讓人身歷其境，如聞其聲、如見其人，書面表述能力不高明，是根本不可能達到這個效果。綜觀全文，作者透過一個驟雨鬧市的場景的前後不同，以事件為經、人物為緯，刻畫人物於當中的遭遇。除了寫景以外，文章從人物的感遇，側面流露人間有情的韻味，使它成為一篇不單純是描寫的描寫文。

在內容上，本文是頗豐富的，假如在人物的形態、語言和心理描寫上可以再增添多一點筆墨的話，效果會更好一些的。

老師批改感想

　　這兩篇文章，可分為描寫人物和場面兩類。假如要把描寫文寫得好，所選批改的四個重點，確是缺一不可。日常生活看到的事物，通過仔細和深入的觀察，把「它們」表達出來，化為口語是說話，化為文字是文章。書面表述能力可以說是觀察所得的承載體，有良好的書面表述能力，就可以把所見所遇化為文字，使讀者感受與作者同遇。像真度的高低，與作者的書面表述能力是相當的，善於遣詞造句，善於運用修辭，文章一定更好。至於人物的描寫，是描寫手法的基礎，假如以「點」、「線」與「面」作比擬，人物描寫是「點」，景物描寫是「線」，至於把「點」和「線」連起來，就是「面」，也就是場面描寫。可以說，場面描寫是眾多描寫中的綜合型，也是最能讓讀者易於構圖的文類，但要寫得好，就非要多看多思多讀多寫不可。

郊野之春

年級：中四
作者：朱穎珊
批改者：楊雅茵老師

設題原因

　　學生在初中時已學過描寫文的技巧，並在中四學習了數篇描寫文，重溫了各種寫作手法。另外，郊野是學生熟悉的地方，描寫郊野的春天，一方面能測試學生描寫技巧的運用，另一方面學生亦易於掌握。

批改重點

　　1. 景物描寫的能力。（多角度描寫）

　　2. 修辭及遣詞造句的能力。

批改重點説明

　　1. 描寫文一般較難寫得出色，主要由於同學的描寫能力較弱，而且同學剛重溫了描寫的技巧，故以此為批改重點。

　　2. 同學一般詞彙較貧乏，而且少用修辭手法，但描寫文章要寫得吸引，修辭及遣詞造句的能力是必須的，故以此為批改重點，訓練同學這方面的能力。

批改正文

 範文

評語

　　香港的春天氣溫和暖，生機勃勃。我從小便居住在外婆的家，由於外婆家在鄉村裏，所以春天顯得特別迷人。每到春天，郊野路邊的小野花紛紛向途人揮手，含羞的小草向路人點頭，秀麗的樹木卻只顧挺立着，毫不理會在路途上來往不斷的行人，但它繁密的樹蔭卻默默地為行人遮擋猛烈的陽光。

● 運用擬人法具體而生動地描寫花草在春天時的各種表現，展現了一片生機。

　　香港的郊野，四季也披着綠色的披肩，眺望過去總令人感覺精神煥發。山上充滿新鮮的空氣，躺在綠草如茵的山坡上仰望萬里無雲的天空，當蔚藍的天空上出現雪白的浮雲時，不期然令人想起綿羊和白兔。當一陣微風吹來，花的幽香夾雜着草的清香一起飄來，嗅着，嗅着，令人感到仿佛掉進花天花地。花叢中，蜜蜂的嗡嗡

● 作者以細膩的筆觸，從視覺、聽覺、嗅覺及觸覺四方面描寫春天，將郊野的春天立體地呈現出來，給人一種生機處處的感覺。● 其中，以擬人的手法描寫郊野披着披肩、蜜蜂和蝴蝶合奏、小鳥在天上暢遊，又以明喻手法寫郊野的春天像花天花地，令文章更生動、活潑。

聲、蝴蝶拍動兩翼的聲音一起合奏，連在天空上暢遊的小鳥也被吸引下來，而且還加入合奏呢！很是動聽。看見開得正盛的花，途人都不禁把它們折了下來，當手觸摸到那柔弱的花瓣、觸碰到它那幼而堅強的花莖，你不禁會感歎大自然的奇妙啊！

　　沿着崎嶇的山徑走，可以聽到由小溪傳來的潺潺流水聲。到達小溪邊，你只要脫下鞋子，坐在石頭上，把雙腳放在流水中降溫，你便會感到像沐浴在清涼的春天當中。樹上總會有很多隻蟬，牠們都在叫着，閉起眼聽，蟬聲尤其響亮，睜開眼，蟬聲仍在耳邊迴響，就如蟬都在耳邊叫着。魚在溪中自由自在地游着，牠們的鱗片反射着太陽的光線，周遭都特別光亮。當你跳進溪裏，雙腳進一步沉沒在小溪中，冰涼的感覺直達內心，魚

● 作者再次以多角度寫出春天的小溪，描寫細膩生動，寫蟬聲在耳邊迴響、魚兒的鱗片閃亮，亦見作者遣詞造句的能力，郊野的春天躍然紙上。

兒在腳邊游過，十分痕癢，感覺亦非常奇妙。

春天的郊野小溪是一個花團錦簇的花花世界。你會看見一片七彩繽紛的花。花兒在春天裏尤其愉快，它們最喜歡在春天裏淡掃蛾眉，穿起鮮豔的衣服與蝴蝶、蜜蜂快樂地共舞。每一朵花都在微風中、枝頭上顫抖地說出自己的喜悅，每一朵花都在爭妍鬥麗，每一朵花都享受途人以欣賞的目光注視它們。它們穿着銀白色的、火紅色的、天藍色的、粉紫色的衣裳，站在花叢中，只感到春天無限的氣息，置身在五光十色的世界中，令人目不暇給。

> ● 多次以擬人法描寫花朵和蜜蜂，將色彩斑斕、生氣勃勃的春天展現出來。

郊野的春天，優美的山峯、清澈的小溪、彩色的百花世界也在這裏。加上風、雲、流水等的點綴，使春天生色不少。這般優美的風景只能在香

港的郊野找得到。春天的景色、春天
的聲音、春天的氣味都吸引我。香港
郊野的春天不冷不熱，很引人入勝，
所有的東西都呼叫着我，我怎能不喜
愛呢？

總評及寫作建議

本文為一篇描寫文，內容以寫景為主，描寫宜細膩具
體。作者寫作時，運用了不同的修辭技巧，令文章描寫具體
而生動，亦增加了文章的可讀性。例如描寫郊野的景色時，
作者運用擬人、比喻、疊字及擬聲等各種修辭技巧描寫春
天，將郊野的春天立體地呈現，令郊野之景躍然紙上。而作
者對郊野春天的喜愛之情，亦從文句中自然流露出來。

此外，本文作者從視覺、聽覺、嗅覺及觸覺四方面寫春
天，寫來立體全面，令人容易明白及體會。雖然文章流露模
仿的筆法，不免有斧鑿之痕，惟亦顯出作者善於觀察及遣詞
造句的能力。

一位愛（閱讀）的同學

年級：中四
作者：陳塱日
批改者：楊雅茵老師

設題原因

　　學生已學習描寫的各種手法，亦已寫作了描寫景物的篇章，故更進一步描寫人物。而學生日常接觸最多的是自己的同學，故描寫同學會較容易處理。為令學生更易於發揮，學生可自訂題目中括號內的形容詞。

批改重點

1. 文章剪裁。

2. 人物的肖像、行為、說話描寫。

批改重點說明

1. 寫作描寫文時，學生往往未能抽取人物的特徵描寫，以致描寫的對象面目模糊，但每個人物均有本身特有的特徵，要令人物形象鮮明呈現，這全在於同學是否善於剪裁，故以此為批改重點。

2. 要令描寫的人物立體呈現，同學必須具體地描寫出人物的外貌、言行，故以此為批改重點，考核同學在這方面的能力。

批改正文

範文 　　　　評語

昨天，我又在圖書館看見他的蹤影了，他一如以往，在專心地閱讀課外書，他就是我的同學——莫劍麟。

● 以簡單的筆觸描寫了莫劍麟的行為，將莫劍麟喜愛閱讀的特徵點出。

我是在中三的時候認識他，他有高而瘦的身材，眼睛大而有神，鼻子高高，堪稱是眉清目秀，活像一個秀才般的樣子。自從我在中三認識他後，他都是手不釋卷的。有一次我問他究竟看這麼多書悶不悶，還有閱讀這麼多書有甚麼好處？他便笑着回答我：「當然不悶，能夠找到一本自己感興趣的書，就算看十次也不會悶，而且多看課外書可以幫助學習及寫作，所謂『讀破萬卷書，下筆如有神』。」這真是至理明言。我亦是受他的影響，才逐漸開始閱讀課外書。又記得有一次，他為了看「四大名著」之《紅

● 以寥寥數筆描寫莫劍麟像秀才一般的外貌，道出他的文質彬彬。之後，描寫他的言行，通過他的言談舉止，交代出他是一個熱愛閱讀的人。

● 有關人物的事件很多，但作者只選擇了莫劍麟手不釋卷、為閱讀而廢寢忘餐二事，以簡單的筆觸道出他愛閱讀的特點，而不是長篇大論，將他的一切巨細無遺地記下，可見作者寫作時有所取捨。

樓夢》，不惜廢寢忘餐，最後更捱出病來，我亦被他深深感動，因為我從未見過有其他人能為閱讀而廢寢忘餐。去年中三的考試中，中文作文最高分的就是他，不過，這亦是在我的意料之中。老師亦盛讚他的文章中有不少佳句，要求同學向他學習，他就謙虛地說：「這只是前人的知識，我只是引經據典及吸取他人的經驗而已。」他的一番話，令我深深體會到閱讀課外書的益處。

其實他自小便受父母薰陶，因此他小時候已能寫得一手好文章，成績更是經常名列前茅。長大後，他便終日流連圖書館，他在短短五年間，已看過了「四大名著」、「四書五經」以及「二十四史」了，真是令人驚訝！現在我亦仿效他，一星期最少看一本中文書籍，希望我亦可以像他一樣，能夠博覽羣書。

● 最後，通過行動描寫，道出他常流連圖書館，博覽羣書，再次強調他熱愛閱讀的個性。

總評及寫作建議

　　本文是一篇寫人的文章，寫作時必須能突出人物的特點，將描寫的對象具體地呈現出來，切忌東拉西扯，令人物面目模糊，千篇一律。作者寫作時，先從人物的行為着手，點明人物熱愛閱讀的特點。之後，描寫人物的外貌，道出人物富有書卷味，並以人物的言行交代他熱愛閱讀的特點。

　　本文描寫剪裁恰當，只記下有關人物熱愛閱讀的言行，其他一概不寫，令文章重點突出，人物形象鮮明。

老師批改感想

描寫文可謂中學生最不擅寫的文類，究其原因，不外兩點：第一、學生書面表達的能力不足，特別是對修辭的掌握欠佳，以致描寫平鋪直敍，未能以豐富的修辭手法描寫，對象自然難以立體呈現；第二、學生剪裁能力較弱，未能抽取景物或人物的特點描寫，寫景物或人物時往往寥寥幾筆便告完成，以致所描寫的對象面目模糊。

針對以上兩點，老師可多訓練同學書面表達的能力，例如多要求學生以不同的修辭法造句，亦可在寫作時規限學生必須利用若干修辭手法，訓練學生寫作的意識。寫作前，老師亦可要求學生從多角度觀察景物或人物，從視覺、聽覺、嗅覺及觸覺四方面描寫，以豐富文章內容。此外，老師可要求學生多抽取景物和人物的特點描寫，圍繞主題創作。相信多做練習，學生必能漸漸掌握文章的剪裁、內容的取捨。

一位校工

年級：中二
作者：關愉欣
批改者：詹益光老師

設題原因

本題為人物描寫，是配合語文教學有關人物描寫的單元而進行的練習。要求學生能比較仔細周詳地刻畫人物的外貌、行為、語言，以至心理。

批改重點

1. 運用多種方法進行人物描寫的能力，包括外貌、語言、行為及心理的描寫。

2. 同學在中一時學過景物描寫，至中二描寫人物應不致十分困難，忽略的往往在立意方面，故評改時特別提出這點，提醒學生留意。

批改重點說明

1. 審查學生能否應用多種手法進行人物描寫。

2. 審查學生寫作時，能否注意取材，使全篇具備一定水平的中心思想。

批改正文

範文 　　　　評語

　　每天在學校工作的人，除了老師、校長外，還有一些對學校的整潔十分重要的人，就是校工。令我印象深刻的，算是嬋姐吧！

● 起筆點出主題，並揭出重點在「印象深刻」四字。

　　嬋姐是一個和藹可親的人。她有一副慈祥的臉孔，戴着一架方形的眼鏡，個子矮小，胖胖的，也蠻可愛。她很受同學的愛戴。

● 第二段用了肖像描寫，同時，點出描寫對象的特點，就是受人愛戴。

　　每天快到早會的時候，便會看見嬋姐在各層來來去去，有時清理花草，又或者打掃四周，真是辛勞。

● 第三段寫出主角的工作表現。但似乎只是一般工友的工作而已。

　　小息時，她會把報紙一疊疊的放好，方便同學拿取。同學通常都會有禮貌地說：「謝謝！」而嬋姐就會對他們說：「不用謝！這是我的責任。」聽她這樣說，同學們通常都會彎起嘴角，以笑容回報。

● 第四段通過對話來反映主角的性格。對話平實，是不是其他校工比較冷漠，所以凸顯了這位校工的不同？

　　午飯時候，每當我經過學校大門旁的小桌，都會看見一些同學跟她聊天，常是有說有笑，手舞足蹈，好像十分高興似的。有一次，我跟嬋姐剛好碰上，她那時正在打掃樓梯，我順道跟她說了聲：「嬋姐，謝謝你替我們打掃學校。」嬋姐回答說：「不用謝！四周整潔一點，大家都會開心一點！」

　　放學後，嬋姐會去清理教室，把教室打掃乾淨了才離開。

　　能有這位人見人愛的校工在學校內為同學服務，真是我們的榮幸。

● 第五、六段寫主角的行為和語言，用筆雖少，但也能反映人物的側面。

● 最後一段以能得主角服務為榮作結。

總評及寫作建議

　　文章順序寫一天之內主角的活動，配以外貌描寫和語言描寫，刻畫人物的特點。在這方面，基本上達到練習的要求。但是，起筆寫對這個人物「印象深刻」，收筆卻以「我們的榮幸」作結，前後的呼應還是有點疏離。

　　如果寫外貌和行動能互相配合，抓住一些令人印象深刻的特點，起筆所說的「印象深刻」的觀點就可以作為全文的中心思想。如果刻畫這位校工深受歡迎的筆墨多一點，使讀者感受到這位校工是多麼值得認識，那結尾說「我們的榮幸」就能作全篇的中心。

夏日海灘樂逍遙

年級：中二
作者：黃騰龍
批改者：詹益光老師

設題原因

　　這是一篇描寫文練習，目的是讓學生通過多種感觀的印象來描寫景物。題材是一般香港學生都懂得的，要能把這樣的題目寫得動人，既要對夏日海灘景物有深刻的認識，也要有所感受，把題目中的「樂逍遙」的含義表現出來。

批改重點

　　1. 運用多種感觀進行描寫的能力。

　　2. 在描寫中加入主觀感想、貫串全篇的能力。

批改重點說明

　　1. 審查學生在描寫的時候能否運用視覺、聽覺、嗅覺等多種感官功能，使描寫更全面而又深刻鮮明。

　　2. 審查學生能否以主觀的感受帶動全文，使描寫有重心、有焦點。

批改正文

 範文　　　　　　　　 評語

　　上星期天，我跟朋友一起到南丫島的海灘玩耍，到了目的地，看到的是十分熱鬧的景象。

● 起筆點出地點和主要的感受。

　　我們找了很久才找到一個合適的位置，放下東西，坐下來，看到一望無際的大海，遠處只有幾艘船，天上藍天白雲，不時有一陣陣輕風吹過，使我感到十分暢快。四周看看，其他遊人正做着不同的事情，有的在曬太陽、有的在玩沙灘排球、有的在游泳。每一個人都是滿臉笑容，十分快樂的樣子。

● 第二段運用了視覺描寫和觸覺描寫。同時，也寫出了個人的感受，就是十分暢快。

　　閉上眼睛，仔細聽聽，除了遊人玩樂發出的喧鬧聲、笑聲外，還聽到連綿不斷的海浪聲，一波一波的海浪，十分清脆悅耳。雖然天上的太陽正曬得火熱，但是聽着那些歡樂的聲

● 第三段以聽覺描寫為主，寫海浪聲有一定的新意，但是可以多寫一些。

音，一點兒也不覺得炎熱，反而有全身涼快的感覺。

　　沿着海灘走，會不時找到一些貝殼，有些形狀十分特別，有些則色彩非常別致。這些貝殼那麼漂亮，怪不得人們都愛撿來做飾物。不管是哪位女孩，戴上這些貝殼做的鍊子或飾物，一定非常好看。

● 第四段寫海灘上的貝殼，從而聯想到戴上貝殼的人，既回到視覺描寫，也把視線收窄。帶出個人的聯想，也可以使題目中的「樂」字表現出來。

　　夏天海灘是熱鬧的，在炎熱的天氣下游泳、玩水，不會因為冒汗而難受，反而覺得涼快。我想這就是夏天海灘那麼熱鬧的原因了。

● 收筆回應題目作結，稍嫌倉促。如能把各段描寫歸結出題目中「逍遙」兩字的意境，就更理想了。

總評及寫作建議

　　全篇通過視覺、聽覺、觸覺的描寫，把沙灘熱鬧情形寫出來，基本上達到寫作的要求。不過，看的、聽的、觸摸的都只是一言兩語帶過，未免掃興一點。此外，寫沙灘遊玩的樂趣和那種逍遙之感，都不怎麼突出。如果把看着藍天所感到的暢快以及看到貝飾而聯想起優悠的生活，都一一清楚地寫出來，就能更好地凸顯題旨了。

老師批改感想

　　寫景、寫人兩類文體，常常是香港學生的弱項。為甚麼？也許今天電子器材普及，記錄形貌，透過機械可能更為有效，結果，我們便忽略了文字的功能。如果一篇寫景描人的文章缺少了中心思想，也就是說沒有良好的意旨，那這樣的描寫文真不及機器記錄能力的高強。所以在教學上、在批改時往往要提醒學生，這樣的描寫目的是褒是貶，是抑是揚？立意明晰，然後取材、運筆都不會是很困難的事了。當然，對於中二級的同學，即席寫作的文章，有時也很難求全完備，只要能注意及之，也算達到練習要求了！

醫院道上

年級：中七
作者：吳慧雯
批改者：劉添球老師

設題原因

描寫是寫作的基本功，其中又分寫物與寫人兩大類。要同學練好描寫，須由他們最熟悉的東西開始，譬如說，生活作息的地區。醫院道上，正是同學每日往返之地，擅描的彩筆，由這裏練起來吧。

批改重點

1. 文章是否具備主題，內容與描寫比重是否合宜。

2. 描寫能否具備層次，能否適當運用修辭手法以加強感染力。

批改重點說明

1. 摹形狀物，雖說是描寫文的主要功能，但文章依然要有題旨，正如繪畫：色彩、線條、光暗、質感，莫不是表達思維與感受的手段，故描寫文也不能缺乏主題。同學們在寫作描寫文時，必先設定主題，避免蕪蔓。

2. 描寫文的動人處，在以文字激起讀者腦中圖像，故文章須決定主描體與副描體，然後以修辭或白描手法勾勒，

使之成為文章的趣味中心點。描寫文應集中刻畫事物的光、影、聲、色、動、靜，就不同屬性激盪讀者感覺，以收因文起念、因物感知之效。

批改正文

 範文 　　　　評語

　　我在街上踱步，風吹起了我的髮梢。就算是週日，人們都是忙忙碌碌的，不斷在我身邊穿插。他們不會因為我的施施然而放慢腳步，忙得就連周圍的事物也不願留意，這是多麼可惜的事啊！

● 首段交代時間與空間，也透露了文章的主要意念——人往往忽略身邊事物，而牽引讀者的思維是，會有甚麼可惜的地方呢？

　　不知不覺漫步到回校必經的東邊街，再往上走，從闊窄不一的梯級轉上醫院道。抬頭一看，一幕幕驚心動魄的畫面盡現眼前。一輛輛小型巴士，有些像麻鷹，從斜路上飛撲而下；有些像過山車，從最高點處急衝下來，競逐速度仿佛成了人類天性！

● 點出要描寫的地方，由東邊街轉上醫院道，闊窄不一的梯級正是這裏的特色。描寫文要寫得好，絕對不能忽略細節。接著是刻畫小型巴士的動態，開始了文章的主體描寫。

心神未定的我向左拐，終於踏上了醫院道。眼前是一條筆直而又帶點斜的路，陽光不斷從樹隙中篩滲出來，鳥兒雀躍地譜出一首首美妙的樂曲，真有點柳暗花明的味道。可惜的是，又一輛小型巴士遠颺後遺下了一團團黑霧。轉瞬間，將光明、七彩繽紛的世界連同我一併吞噬了！

「呼！呼！」是風拯救了我，把黑雲驅逐得無影無蹤。葉子也隨風搖拍，彼此摩擦，就像為大家互相清潔一樣，而那些掉下的葉子，亦是為大樹將來換新衣作好準備，化作春泥更護花，不單只是落花的責任。

那些落葉，一些在空中翻騰、打滾；一些又像小船般在蔚藍的天空搖擺着，是為了答謝大樹的照顧而作出最後的表演吧！飄落的葉子也仿佛在對人說秋畢竟深了。忽然，我想起老

● 動態之後是靜態描寫，靜態之後又重歸動態。光、影、聲、色、動、靜，此段皆能有所兼顧。

● 承接上段的擬物法，將視線移到樹葉上去，是繼小型巴士以後的第二項主體描寫。段末引用古人詩句而加以轉化，更添情味。

● 既用比喻也用擬人，一葉落而知天下秋，繼而聯想起老師詩作，思緒隨之飛入校園，過渡自然。

師自撰的一首五古：「清淚堪盈睫，相思憑風接，愁來舞若何，迴轉如飄葉。」情貌何其相似！

淺黃色、高高的、闊闊的建築物，突然走進我的眼簾。只見走廊欄杆上的盆栽，若無其事地抵擋秋風的吹襲，而那走廊就是我最愛駐足、逗留的校園一角。

● 摹形與設色是描寫文的本色，文章當然不會放過。

記得每次小息，聽課聽得頭昏腦脹的我，耳畔只有同學的吵鬧聲。他們仿佛化身草原上的獅子與麋鹿，在課室裏追逐，那是弱肉強食嗎？為何卻又充滿笑語！

● 略略勾畫校園生活，簡單之中自有真趣。惟記敘並非主題，故點到即止。

步出走廊，望向醫院道，一部小型巴士過後總有片刻寧靜。陽光灑照，像是輕撫我的臉，也慰解了疲憊的我，為我灌上了無限的生命力。

● 運用電影手法，把過去與現在重疊，站在醫院道的我仿佛可以看到站在走廊上過去的我。再寫小型巴士與陽光，也收風景依然之效。

是風把我拉回現實，原以為對這條每天上學必經之路最熟悉不過，然而稍加停駐，這道路卻並不像我以往所認識的，原來，我忽略的比我知道的多。這裏的汽車、花草、樹葉都透露了一點點生趣。醫院道上，令我學會了欣賞身旁的事物，而這也是生活的一種得着吧！

● 回應首段，人們往往忽略了身邊事物，懂得欣賞的話，會發現無限意趣，這也是文章的意念所在。

總評及寫作建議

文章敍事、描寫、抒情比重合宜。寫物方面，主描體與副描體分明清晰，由動而靜、由大而小，頗能收聚點成線、結線成面之效。同學也能多用比喻、擬人、引用等修辭手法，全面刻畫事物的聲、色、光、影、動、靜，文采豐腴，意念卻不流於寡薄，是一篇精緻多姿的描寫小品。

人物素描——拉美亞

年級：中七
作者：何潤玲
批改者：劉添球老師

設題原因

寫人是描寫文的第二大項，要進入寫作的堂奧——小說創作，必須懂得寫人！要進行這方面的訓練，可先由同學自訂最熟識、最感興趣的人抒寫，繼而提供特定階層人物，由同學先揣摩後描繪，進行完整的寫作學習活動。

批改重點

1. 寫人也須敘事，文章描寫與敘事能否成為有機組合。
2. 寫人須立體，文章能否對主角作全方位描繪。

批改重點說明

1. 文以載事，事以敘人，描寫雖依從於記事，但作為一篇描寫文，刻畫是文章的主調。如何令讀者滿足於重寫人而輕敘事，是描寫文的重要課題所在。同學們在寫作描寫文時，卻往往偏重敘事而輕於寫人，畢竟情節有脈絡可依，說故事容易；寫人則靠細微觀察，雖有原則，但難有定法。

2. 同學們在描寫人物時往往失諸浮淺，觀察不深，刻畫欠明。在描寫文裏，寫人必須全方位，包括背景、容貌、

神情、聲音、動作；然而，也不能一股腦兒把描寫集中在一段裏，應根據文意散佈在不同段落，才能讓讀者逐漸認識主角。在現實生活中，認識一個人，不也是「漸」嗎？

批改正文

範文 	評語
我認識一位朋友，不是深交，只是萍水相逢的緣分。	● 首段點題，明言寫人，但不是深交，為文章定性。
有一天我很不開心，漫無目的地走到一個從未踏足過的公園。我坐在長椅上，出神地凝望遠方。忽然，有一抹金色的影子在晃動，看清楚才發現是一個印度小妹妹，她正在快樂地盪鞦韆。她奪目耀眼的民族服飾吸引着我，把哀傷的我從感情的深淵裏牽引出來。	● 描寫雖難以離開敍事，但主從要分明。若作者詳寫不開心的原因及在公園裏的感情渲洩，則文章的主調遂變成記敍與抒情了。段末一句正好斷絕了這樣的旁騖。
這時候我才開始留意身邊的事物，發現在這小公園休憩的都是印度婦女和小孩。有一位坐在我旁邊，而她——正是我要介紹的朋友拉美亞。	● 帶出文章主角。

　　拉美亞正在呼喚溫馴靦覥的妹妹，小妹妹卻撒嬌嚷着要多玩一會兒。我竟與她搭訕起來，我說就讓小妹妹多玩一會兒吧。接着我稱讚她的衣服漂亮，笑言自己也想擁有一套。拉美亞驚訝地瞪大了她勾人的眼睛，遲遲沒有回應。她那筆挺小巧的鼻子、深紅如盛放玫瑰的嘴唇，構成一幅很美麗的人像畫。這時她的嘴巴微張，久久沒有吐出半個字。我也不好意思打攪人家，轉過頭去了。

　　過了一會兒，她又說起話來，她問我為甚麼來這公園，因為這裏鮮有本地人來。我以為自己不受歡迎，就想告辭，豈料她反拉着我的手；我感受到她溫暖的體溫，和那柔潤滑溜的蜜色肌膚。透過這一拉，我感到一份熱情——也許我就是需要一隻挽留我的手……

● 寫人不能不寫容貌，而且更應該在引出此人時即予動筆。描寫或由容貌開始，或由聲音開始，甚至由氣味開始。這道理，亘古不易。● 描寫要鮮明，則應多顏色，也應多用比喻。文章之能動人是因為文字勾起了讀者的經驗與聯想。我們知道紅是怎樣的顏色，玫瑰是怎樣的花朵，拉美亞，不是一個很漂亮的印度女孩子嗎？

● 要鮮明地刻畫一個人，容貌、神情、語言、動作都不能忽略。要歷歷如繪，除了如前段的視覺描寫外，也可以像本段的觸覺描寫，溫暖滑溜，不是加深了你對拉美亞的感覺嗎？● 段末一句，微微呼應首段，作者是甚麼原因不開心，跟感情的去留有關嗎？這雖非主脈，也可輕輕引人遐思。

我坐回她身旁，這一次更為接近，不難嗅到她身上濃濃的香料味道。這香氣好像有安穩人心的效力，我竟毫無顧忌地向這陌生人盡吐苦水。她善解人意，和藹的笑容及溫柔的話語令我感到平安親切。她就像一個大姐姐，寵愛需要關懷的小妹妹。她明明就是一個異鄉人，卻能打破種族界限，這並非一般人所能做到。我很好奇她的背景，還有她一身罕有的光鮮優質沙龍。

夜了，晚風吹拂，漸感涼意，她勸我早點回家，我只好聽從。不知為甚麼，她溫婉的說話中總帶有一點點權威性。

一個星期後，我再經過那休憩公園，巧合地發現拉美亞也在這裏跟妹妹玩。我走過去跟她打招呼，她竟然也把我記住。我們談天說地，好不愉

● 這是嗅覺描寫了，然而，尚可寫得更細膩一點，即使加上最常用的「似蘭非蘭、似麝非麝」形容詞，也足以激動讀者的共感神經，而這也正是描寫文的功能所在。

● 雖是描寫文，但仍須有「事」，有「事」則應該有發展有變化。此段正好交代與拉美亞建立了較深刻的關係，也開始了寫人的第二個重點──寫背景、寫性格。

● 「優質沙龍」與「說話帶權威性」，都能令我們對拉美亞感到好奇。人物描寫之目的，備矣！

● 與拉美亞的關係繼續發展，透過她的口中知道一些印度文化。文章有了一些具體知識，顯得更豐富。然而，這也並非與主題不太相關的附

快。她教我很多印度習俗，譬如説，每個印度家族都有代代相傳的獨特香味，這些香味都是由不同的香料調製出來，絕不外傳；又譬如印度女子眉心的那一點朱紅代表該婦人已婚，而那一點朱紅是由鮮花瓣製成，天天都會重新點上。

加值，知道更多印度生活，即讓我們更深刻認識拉美亞。

我們聊得正樂的時候，有一輛黑色大房車駛到公園前，幾個穿着黑西裝的印度人走過來跟拉美亞耳語，然後她就匆匆告別，牽着妹妹坐上房車離去。這樣的離別方式增添了她的神祕感。

● 「黑色房車」、「黑色西裝的印度人」，連同前段的「優質沙龍」、「說話帶權威性」，使拉美亞隱然成了傳奇人物。

拉美亞，一個我生命中的過客，溫柔、睿智、豔麗、神祕，與她的相遇就像一場夢。認識她後我開始着迷於印度風情，有時候遇到不明白的地方真想問問拉美亞，可惜我再沒有碰到她了。

● 結語不算精巧，惟也概括了對拉美亞的印象。再碰不到她，是她已回到印度，承繼了一筆豐厚家財？餘音裊裊，真的加添了她的傳奇性……

總評及寫作建議

　　一個本地人邂逅異鄉人的故事。文章有很好的引入,由抒情起卻以寫人終結,過渡自然。同學能就人的不同屬性描寫,白描與比喻共用,令角色形象鮮明,引動人心。文章亦長於心理描畫,極能表達情緒的細微變化。同學勾畫了拉美亞的形象,也描繪了自己的心緒,既寫人,也寫己,情深意美,豐潤多姿。

老師批改感想

寫作始於動念，隨之以觀察、聯想、類比、建構、下筆。老師在教授描寫文時，要讓同學知道，寫一篇好的文章，不單在摹狀繪物，更在於文章給人甚麼意念、甚麼訊息。即使同學對某人某物感到濃厚興趣，但文章始終未能建構具體意念，那麼文章還是寫不了出來。寫作是一個綿密的心理過程，課堂上同學需要認真地走一轉，才能有效。

故練寫必先練心，決定主題和架構後，緊捉物件的光、影、聲、色、動、靜；人物的形神、聲音、動作；用白描、用比擬，反覆形容，逐層描繪，則一篇意念圓融、形神俱備的描寫文不難出現。

至於批改，老師的着眼點也該如是！

這校園的色彩

年級：中四
作者：王宇鴻
批改者：歐偉文老師

設題原因

　　配合學校「和諧校園」的主題，讓學生把校園的種種美事，透過文字描寫出來。

批改重點

　　1. 觀察力是否敏銳。

　　2. 內容是否緊扣題目。

批改重點說明

　　1. 創作描寫文，最重視觀察能力，能觀人、觀物於微，才能道人之所未道。因此以觀察力為批改的第一個重點。

　　2. 行文扣題屬創作的基本能力，扣題則文意緊湊，段段回應主題。第二個批改重點，即着重分析本文的扣題能力。

批改正文

 範文 　　　　　評語

　　天空特別藍，陽光特別暖，空氣也格外清新，這氣息在我現正就讀的學校才感受到呢！

● 運用白描手法，描寫天空蔚藍，緊扣題目中「色彩」二字。

　　「一日之計在於晨」，早上起牀，還未從夢鄉醒來，便要背着書包渾渾噩噩地上學去。但當踏進這色彩繽紛的校園時，便立刻從夢中驚醒，顯得特別精神奕奕，望見老師燦爛的笑容、潔白的牙齒，我心內翻騰着的那股熱流快要爆發出來，情不自禁地向老師打招呼。全校的老師差不多都配戴着眼鏡，有金色邊框的、有紫色的、有綠色的，就算是沒有眼鏡框和沒架眼鏡的，眼睛都一樣顯得格外明亮，所以那些把頭髮染得「五顏六色」的壞學生，都逃不出老師們的法眼。

● 由學校寫到老師，仍然採用白描手法，從色彩着墨，細寫老師潔白的牙齒、色彩鮮豔的眼鏡邊框、炯炯動人的兩眸。● 觀察力敏銳，留意老師面部的裝扮及表情，突出老師和顏悅色，但對破壞校規的學生絕不放鬆的形象。

「一年之計在於春」，在學校度過的春天，更感受到春天的存在。由校門到校內都感受到那花草樹木的氣息，幾棵屹立不倒的綠色大樹，年中無休地為眾同學們遮擋風雨，為校園增添色彩與生氣；無論在操場中舉行甚麼比賽，都付出淚和汗。同學們的成績亮起紅燈或亮綠燈，這幾棵大樹被春風輕拂，又會朝氣勃勃地為同學們打氣。老師校長們就算被學生氣得七孔流血，見到這花團錦簇的校園，亦會變得心情開朗，才有胃口午膳呢！

「一生之計在於勤」，校工穿着黃色的制服，勤勞地為學校服務；制服團隊的成員，穿着整齊的制服依時出席訓練，制服集不同的圖案、顏色於一身；老師徹夜不眠地為學生批改作業和試卷、社工絞盡腦汁去安慰和幫助同學、小食部的員工亦出盡法寶，推出各項美味的食物去吸引同學。這

● 續寫七彩繽紛的校園：春天綠樹成蔭，鼓舞成績亮紅燈或綠燈的同學；教師偶爾會被學生氣得七孔流血，只要看看花團錦簇的校園，也就重新振作。這段寫得朝氣勃勃，樂天奮發。● 觀察操場幾棵普通不過的綠樹，由此設想大樹替同學「加油」、「打氣」，寄託作者對學校一草一木的熱愛。

● 寫出對學校具有貢獻的人物：包括穿着黃色制服的校工、集不同圖案和顏色於一身的制服隊伍。這段着力描寫這些人物鮮亮的衣飾，凸顯作者對學校的欣悅之情。● 體會老師辛勤的工作，視老師的黑眼圈，為同學黑夜中的彩虹，寫得真切傳神。

些勤勞的人都有一個特徵，就是眼部那又大又深色的黑眼圈，不過，這就如黑夜裏的彩虹，照亮同學歸家的路途。

生活在這色彩繽紛的校園裏，又怎會不覺得自豪？我想就算是天生有缺陷的色盲人士，亦會感受到這校園的色彩。

總評及寫作建議

這篇文章需要學生描寫校園的色彩。「色彩」一詞本極抽象，可是王同學利用白描手法，具體地描寫校園的人物及景物。全文五彩紛陳，令人目眩，要之皆切「色彩」二字，緊扣題目。

古人說：「言為心聲。」透過敏銳的觀察，把內心的真情，發而成文，文章才有氣勢、才會動人。王同學情真意切，對學校、對同學、對老師、對工友、甚至一樹一木，處處關情，難怪思如泉湧，不能自已。近年教育改革，令老師身心俱疲；不過，原來老師的付出，學生心裏是明白的，因為老師「眼部那又大又深色的黑眼圈」，「就如黑夜裏的彩虹，照亮同學歸家的路途」。（第四段）王同學這番肺腑之言，為老師送上甘露！

維港煙花夜

年級：中四
作者：胡樹興
批改者：歐偉文老師

設題原因

　　每年農曆新年，維多利亞港兩岸，都會有煙花匯演。學生耳熟能詳，下筆自易。故教授李廣田〈花潮〉一文後，以「維港煙花夜」為題，考核學生的描寫能力。

批改重點

1. 直接描寫及間接描寫相互使用。

2. 段落剪裁。

批改重點說明

1. 一般中學生對間接描寫運用欠圓熟，遑論把直接描寫及間接描寫相間使用。所以第一個批改重點，重分析本文如何適當運用這兩種描寫手法。

2. 段落重點分明，剪裁恰當，文章始具有層次感。所以第二個批改重點，在分析本文各段如何利用不同角度描寫煙花。

批改正文

 範文　　　　　　　　　　　　評語

煙花，對於時下的香港人來說並不陌生，甚至可以說是過時過節的「例牌菜」。或許有人會問，放煙花的目的何在？大概是因為煙花在天上大放異彩，與東方之珠形成正比吧！但是，水陸草木之花，可愛者甚蕃。我今次的主題是令人歎為觀止的維港煙花夜。

● 總寫一次令人歎為觀止的煙花表演，為下文各段分寫作序引。

當晚的夜色格外美麗，山頂至海旁擠滿了人，爭相觀看煙花。在山頂有些情侶一面觀看美麗的煙花，一面享受着煙花所帶來的浪漫。有些人則一家大小在山頂一面觀看煙花，一面享受着煙花所帶來的溫暖。在山頂上眺望，山下的人們和煙花、船隻交織在一起，有如一幅投影畫，是黑夜中的美人。可是，在維港兩岸的人們也

● 承接首段，作第一層分寫，着重鋪寫人潮洶湧。● 運用間接描寫，細寫觀賞煙花者的眾生相。這段不直接寫煙花之美，卻從山上山下各人競賞煙花的神態，突出煙花之美，是典型的間接描寫手法。

絕不比山頂上的遜色，攝影師正拍攝着煙花的美景，有些歌星藝人也來唱一兩首歌助慶，山頂山下的人們和煙花，美麗得非筆墨所能形容。

當晚的現場非常嘈吵，但在山頂上，卻非常寧靜，靜得連夜鷹飛過的聲音也能聽到，沿路由山腳步行上山的人的腳步聲也隱約可聞。還有一對蜜運中的男女藉這浪漫的氣氛山盟海誓。在山下的情況卻剛剛相反，不但嘈吵，還充滿了歡笑聲，煙花在空中爆炸的美妙聲音更令人樂此不倦。談論煙花好不好看的人語聲，此起彼落，令人不知在此徘徊了多少個世紀。

● 為第二分層，着力描寫聲音。這段透過對比，借山上的寧靜，凸顯山下的熱鬧嘈雜，交代煙花盛放的高潮。● 這段運用直接描寫，略寫煙花的爆炸聲；同時，運用間接描寫，寫遊人的讚歎聲，借以說明煙花的美麗。

當晚非常熱鬧，在山頂上，洋溢着人們帶上來的食物的香氣，而煙花爆炸後的氣味，竟令人覺得芬香撲鼻，異常陶醉。而在山下的煙花味、不同食物的味道和海水的味道混雜在

● 為第三分層，着力描寫不同的氣味。交代煙花發放後餘味縈迴。● 直接描寫煙花爆炸後的香氣，間接描寫食物味道充盈，說明煙花吸引，以致遊人如鯽。

一起，令人們仿似夢遊仙境，回到一
生之中最快樂的日子，不願返回現實。

　　這次的維港煙花夜非常吸引，而
且在這次的表演裏，讓很多人開心大
笑，可以說：「人生如此，夫復何求。」

總評及寫作建議

　　本文以不同的描寫手法，從不同的角度，展現維港煙花
的盛況。胡同學利用直接和間接描寫手法，分層描寫，把煙
花的聲音、味道摹寫出來，又借遊人駐足觀賞，說明煙花的
吸引力，走筆靈活。

　　胡同學間接描寫手法出色，似乎從中四課文〈花潮〉取
得養分。如果本文能夠配合正面描寫，例如直接描繪煙花的
顏色、圖案等特點，定能更立體地突出煙花的吸引力。

老師批改感想

　　學生創作描寫文的能力較弱，每每把描寫文寫成記敍文，描寫部分只有寥寥數語。究其原因，相信與學生閱歷不足、缺乏敏銳的觀察力有關。老師擬題時，可以因應學生的程度，例如減低字數要求，先作景物片段或人物片段寫作，待學生掌握描寫竅門後，才慢慢地提高要求。此外，老師宜訂立生活化的題目，讓學生撰寫熟悉的事物，自然較容易發揮。至於學生要養成閱讀習慣，記誦名家佳句善言，亦宜經常留意校園、社區等環境，把生活點滴，默誌於心。這樣，才能透過優美的文字，表達心畫心聲。

一個令我敬佩的人

年級：中四
作者：潘權輝
批改者：歐陽秀蓮老師

設題原因

這個題目是考試題目。同學在沒有老師的指導下把人物刻畫得活靈活現，足見同學觀察力之強。如此優秀成熟之作，當然要公諸同好。

批改重點

1. 肖像描寫能力。

2. 觀察力。

批改重點說明

從肖像外貌入手是刻畫人物的基本功，但該如何入手才不流於冗長或瑣碎？此文肖像描寫的切入點簡潔直接，加上細緻的觀察力，令人物形象躍然紙上。

批改正文

 範文 　　　　評語

　　自出娘胎那一天起，已活了十多年了。十多年來，遇到很多事，也碰到很多人。這些年來，發生過的、大大小小的事，我可沒記得清清楚楚。可能，根本沒有一件真正令我感到印象深刻的事情吧。能在我腦海中不斷浮現的人也不算多，但絕不等於沒有。這些人當中，有老師，有朋友，有親人，如果說他們當中，有一個令我敬佩的人，那麼，這個人無疑就是溫建國老師。

　　兩年前，我才認識溫老師。那時，我剛升上初中二年級，本來已對學校眾多老師感到陌生，可是，我看見這人的名字時，卻感到異常詫異。學校裏有這樣的一個人嗎？我可沒有印象。然而，開學後，一切謎團都隨

● 運用肖像描寫，以敏銳的觀察力及簡潔的文筆，將人物言行上一絲不苟的特點準確地刻畫出來，予人鮮明而深刻的印象。

之解開。一個個子不高，走路四平八穩，腰挺得筆直的男老師走進教室，然後，他循例似的跟全班打招呼。但是，他打招呼的方式跟一般老師隨隨便便的做法大有不同：響亮的嗓子、清晰的發音，還有接近九十度角的鞠躬。一個對「打招呼」這種瑣事也不敢怠慢的人，我還是頭一次遇到。那時，我被他的神韻和嚴肅懾服，心中不禁生出一種莫名的敬畏。

那一年，溫老師擔任我們的班主任，主要教授科學及設計與科技科。雖說他比其他老師顯得嚴肅，可是班中免不了有些搗蛋分子，這些人在上課時胡言亂語，溫老師倒是可以忍受的；但是，如果他們不識趣，鬧得太過分的話，溫老師絕不姑息。他罵人的時候絕不是開玩笑的，縱然他平日也是個幽默風趣的人。他罵的每一句

● 用心觀察，細緻入微，從人物的談吐刻畫出一個令人心悅誠服的形象。觀察力之強、行文之簡潔暢達，一個端嚴中帶幾分親切，又教人折服的老師形象活靈活現。如此栩栩如生，躍然紙上，直叫人喝彩。

說話，你都難以找到反駁的理由，你甚至會覺得，他說得對極了，自己是該罵的，甚至，那不能算是罵，只能算是一種教訓。即使不是真的被他痛罵，旁邊聽他罵人也許都算是上了寶貴的一課。

當然，溫老師並不只懂鞠躬和罵人，他見識之廣、學識之淵博，無不令人佩服。上至天文地理，下至無聊小事，他都瞭如指掌。在他面前，沒有人會有耀武揚威的機會。除此以外，他也說過不少發人深省的說話。有一次，我忘了攜帶某個櫃子的鑰匙，於是二話不說，抄起一把鉗子，把鎖鉗至變形，從而打開櫃門。在成功前的一刻，這行徑被溫老師發現。「我說過許多遍，不要弄壞這裏任何的東西！」他的說話猶如當頭棒喝。「可是，我可以把它恢復原狀啊！」我反

駁。「不是恢復不恢復的問題，而是要懂得尊重這裏的東西！」這句說話充滿了哲理，而我被嚇呆了，再不敢反駁。

無論是行為、學識、說話，我也想不出一個能跟溫老師比擬的人，他所以值得敬佩，就是因為他有這些過人之處！

總評及寫作建議

同學以白描手法，準確地將人物硬朗、嚴謹、認真等幾個性格特徵描繪出來，誠然難得。及後從人物說話進行刻畫，依然反映出功力之深厚、觀察力之敏銳。不過，畫龍須點睛，倘若要龍勇猛威風，生動傳神，便需在眼睛上着墨，因此，若同學在人物的眼睛上加上幾筆，更顯人物之端嚴與威儀，如第二段「……響亮的嗓子、清晰的發音……」。

一個熱鬧的場面

年級：中四
作者：徐福祥
批改者：歐陽秀蓮老師

設題原因

　　剛教完一篇描寫文，想同學把描寫技巧，諸如直接描寫、間接描寫、細描、白描等靈活運用，與讀文教學互相配合，故設計了此題目，以作評核。

批改重點

1. 細描。
2. 想像力。

批改重點說明

1. 細描乃描寫文常用的技巧，然不少同學停留在白描階段，未能對物象或人物進行細緻描摹，故選此作為重點訓練。

2. 同學想像力不足，平日缺乏練習，故選此作為重點訓練。

批改正文

範文 　　評語

（經過長勺之戰後，魯國成功擊退齊國，魯莊公打算帶兵回國。）

● 中四有一篇〈曹劌論戰〉的課文，同學以此為基礎，運用豐富的想像力，把它延伸至另一個情景，予人既熟悉又有創意、既親切又新鮮的感覺。

當人民聽到魯軍勝利時都興奮極了，雖然魯弱齊強，但憑着曹劌的軍事才能，終於戰勝了。因此，他們紛紛走到街上去迎接魯軍凱旋而歸。我剛好經過城門前的街道，看見羣眾都排了兩列筆直的直線，每個人的手裏都揮動着魯國國旗，扶老攜幼，場面熱鬧得很。啊！我被捲入這片人海當中，想走也走不出來，這時我才真正地看到他們愛國的情緒。他們不但高呼口號：「魯國醒，魯國勁，魯國是精英。」還有些人把自己的臉塗成

● 從所見所聞細描熱鬧的情景，讓人有如親臨其境，感受喜氣洋洋、一片昇平的氣氛。

魯國國旗的模樣。轉眼間，又多了一些人，這時我終於明白甚麼是人山人海，一條小小的街道竟可以擠擁得這麼厲害。有些人跑到樓肆茶坊的陽台上，雖然比地下的人少，但也令人喘不過氣來；而地下的人更為緊張，他們因為想爭奪可望見莊公及曹劌的位置，竟你推我撞，導致一些弱小的跌倒，甚至有些人會人疊人地騎着別人的肩膊呢！

「莊公來了，莊公回來了！」我聽到有人這麼說。大家便立刻從「激烈的鬥爭」之中肅立起來，所有人一語不發，只有可惡的蚊子在我的頭上發出嗚嗚聲，「啊！真吵！」我心想。

首先入城的是騎着馬的曹劌和那些強壯的士兵，他們精神奕奕，士兵們排列得很整齊，好像剛放了一個長假般，並不似打完一場仗。突然，

● 此處巧用襯托，讓莊嚴的氣氛更見肅然，連蚊子飛過的聲音也能聽見，以有聲襯托無聲，足見人們對魯軍的敬仰。

● 從說話、神情、動作細緻描寫人們對魯軍的尊崇和熱鬧的場面，緊扣題目，增加感染力。

我的眼睛被強光照射着，令我看不見東西。當我睜開眼時，在我面前的就是穿着鑲金戰衣的莊公，原來是他的戰衣反光照到我的眼睛，證明他贏了一場輝煌的仗。他向我揮手啊！他就是這麼的深入民心。人民都十分敬愛他。就在這個時候，所有人都大叫：「莊公！莊公！」我也跟着叫！場面進入高潮，有些人哭起來，大喊魯國勝利啊！這是多麼的壯觀啊！「整齊的軍隊，騎着馬精神奕奕的曹劌和這麼令人愛戴的莊公，你們是多麼的偉大啊！」我心裏想 。我是多麼期望魯國的未來是這麼的美好啊！

過了一會兒，軍隊走了，人潮散了，我的心情平伏了，但我對魯國的熱愛卻不減。

總評及寫作建議

　　這篇文章的想像力可謂相當豐富。同學在課文的基礎上，把戰後凱旋而歸的人物動態——魯軍及百姓——刻畫得栩栩如生，並塑造了一個熱鬧非凡、喜氣洋洋的場面。

　　同學從人物說話、動作、神情及視、聽覺刻畫熱鬧的場面，切入點可謂非常準確。然而，倘若同學能運用不同的修辭法，對人物或環境加以修飾的話，則更能把細描發揮得淋漓盡致，如第二段：「還有些人把自己的臉塗成魯國國旗的模樣。」

老師批改感想

　　兩篇文章雖為描寫文，然側重點有異：〈一個熱鬧的場面〉着重對場面與氣氛的描寫，〈一個令我敬佩的人〉則着重從人物的外表長相、言行舉止入手。同學能從不同角度，運用不同的描寫技巧，使文章豐富多姿。

　　另外，空間描寫較着重氣氛的渲染，宜多用修辭法；人物描寫較重視敏銳細緻的觀察力，宜多從言行外貌刻畫，才能把人物寫活。

在人流中

年級：中六
作者：蕭麗
批改者：潘步劍老師

設題原因

　　這是高級程度會考中國文學科曾經出過的作文題目，為了令預科同學有練習，因而設題。

批改重點

　　1. 心理描寫。

　　2. 行動描寫。

批改重點說明

　　在人物描寫中，以寫人物的心理最為困難，因為它比較抽象，不像描寫外貌和行動，可以外表觀察，而需要更多的聯想和形象表達。另一方面，描寫行動要配合人物心理，也需要作者多一點藝術經營。

批改正文

範文　　　　　評語

今年的平安夜與往年不同……或許是有你的緣故吧！照樣是女多男少的比例，一同外出尖沙咀觀賞燈飾，湊湊熱鬧。尖沙咀的節日氣氛與我所居住的天水圍，是一大對比。人羣擠滿長街的每一寸地，穿插在人流中的我，有着旁人所難理解的心情。

大街道上，擠得教人寸步難移。人們都像一羣鴨子，有秩序地跟着前方的人行走。同一方向前進，我總覺得這沉悶的行走方法，教人失去欣賞燈飾的興致。於是，我調皮地慫恿自己和友人玩「人肉碰碰車」的遊戲，向左右兩旁的朋友碰撞起來。前後的人看到我們這樣碰撞，識趣地讓出了些空間。縱然旁人的眼光是那麼的不屑——認為又是一羣無知少年。懶管

● 用對比、直述等寫尖沙咀的繁盛，目的是為了寫人物，也暗點出對熱鬧氣氛的格格不入，在描寫景物中輕輕滲入感情的描寫。

● 描寫眼前情景，由擠逼到生起玩碰撞的遊戲。故作無聊而將心底隱隱的情意流露，開展得自然。青年人活動和內心的描畫，也真實可感。這一段是描寫文中人物的重要筆墨，比喻的運用也恰當。

他呢，只求在人流中尋求一點快慰與刺激。我偷偷看你，你也樂在其中，享受與男女朋友間的輕碰。

友人都碰撞得樂起來。碰撞的時候，彼此的位置總是不自覺地轉換了。這刻，我才驚覺你站在我的前面。說時遲，那時快，我被站在後面的好友狠狠地推撞了一下，整塊臉緊貼着你的衣背，臉龐頓時紅熱起來。窘態盡出之際，輕道了一聲：「是好友才撞你呢！」他向我投來幽幽的眼神，令我的臉更加紅了。為了掩飾得自然些，也立刻正經起來，不再在人流中碰撞地玩。

● 這一段是心理描寫的重要轉折，人物神情意態運用得好，語言也點到即止。

看着你向身邊的朋友噓寒問暖，「是否走得很累呢？」「幹嘛穿得那麼少？」「你化了妝令人眼前一亮！」等說話。本來是一兩句令人心暖的話，出自你口中卻令我感到心寒……在朋

● 客觀描寫人物，穿插着似有似無的失戀情味，效果不俗。後半段連用陽光、螞蟻和番石榴三個比喻，準確生動，饒富咀嚼餘味，也令描寫的筆法大大豐富了。

友面前，你就像一道活力陽光，總是喜愛照顧他們。曾經我也給你這道光「照」耀過。但不過是一堆廉價的東西——在人流中，我仿佛是一隻沒有觸角的螞蟻，在闊大的白牆失去方向。我知道這就是你。番石榴被吃完了，就必須把核吐出來。我想，現在也該是時候，讓我把核吐出來，以免成為口腔中的負擔。

再也看不過眼了，輕聲與身邊的朋友道別，看着你與她繼續前行，已沒有道別的必要了。我一個人穿插在人流中，也慢慢在人流中消失。反正——我不過是你這番石榴內的一粒種子而已。

● 以失落在人流中作結，緊扣題目，也進一步深化了主人公的傷感。番石榴的比喻再現，回應前文，也令結構更臻完整。

總評及寫作建議

　　這是一篇集中描寫人物心理的文章。描寫的手法主要在人物的情態和行為之中，全文抒情而不濫情，控制得有分寸，這是描寫人物心理時講究的技巧。幾個比喻的運用，頗堪玩味，也為描寫作品中的失意人，營造了淡淡的哀傷，配合全文的氣氛和情感。事實上，人流的情景並不易寫，作者在處理時，集中於友人與自己的一羣，在整體場面的處理不足夠，於是人物最後的失落便稍失依傍。建議可為人物的活動背景多花點描寫，令整個空間更真實，也為人物內心情感產生映襯烘托的作用。

日子像大自然一樣平凡

年級：中六
作者：余良武
批改者：潘步劍老師

設題原因

題目設定希望訓練同學描寫的基本技巧。原本的設計是「x 像 y 一樣 z」。x 和 y 和 z 可以由同學自由搭配，但必須描寫出當中的相似或相關，從而抒發個人情感。

批改重點

1. 景物描寫。
2. 情景交融。

批改重點說明

描寫景物對於一般學生而言比較困難，因為當中需要很多的觀察和聯想，要求學生掌握的詞彙和手法也較多，至於如何與描寫主人公的情感相結合，更加是文章成敗的重要因素。

批改正文

範文  評語

我站在窗沿上，把脖子用力伸長，看着外面晴朗的天空，向前一跳——我慢慢地朝着地心吸力的深處下沉。但，我要打破牛頓的理論。我閉起雙眼，伸直雙手，向上一挺，「哈，我可以在天空飛啊！」

剎那間，我聽見一陣陣有節奏的嘈雜聲，天空上的我已慢慢離我而去，直至消失。我提起一隻乏力的手，從天而降地在鬧鐘上一拍；遲疑了一會兒，再拍；閉上雙眼歇一歇，又拍，直至那些討厭的聲音從耳畔揮去。我漫無目的地看着牆上，又是這個大大的掛牆笨鐘。

我醒來，走到書桌前，看着那本翻開了的書，隱約看見「以有涯隨無涯，殆已」！然後立刻合上它，將它放

● 這一段寫作者走到街上，着力描寫那份每天重複和城市人的沉悶，是表達文旨的重要筆墨。作者用準

進書包。我再次抬頭看着那圓大的笨鐘——右手已立刻伸過去提起書包，但書包卻把我整個人牽扯了一下。我一陣愕然，提起瘦削的雙手，用力制服了書包，把它套在背上，踏步出門。一路上我挺着腰，仰起頭，大步地向前走。熟悉與陌生的面孔在身邊擦過，像昨天錄下的街道景象般，在今天重播，主角依舊、配角依舊，影片內容也不斷重複，所有演員沒有半點休息的時間。

鈴聲響起，同學們的嘴角都泛起了一絲笑意，我執拾好書本後，第一個步出課室，向自修室進發。我儘量慢慢地走，眺望四周的景物。前方不遠處漸漸露出一個雪白的樓角，熟悉的樓房於眼前逐漸顯露。到我離開自修室時，街上已滿是疏落的黑影，一股濕氣迎面撲來，籠罩着我的全身，

確而形象化的描寫，再配合一個貼切的比喻，將眼前景物賦予很強烈的情感色彩，達到情景交融的效果。

● 這一段用細描手法，描寫從課室走出來後，向自修室進發以及離開自修室時所見景物。筆法細緻，配合視覺和感覺的描寫，又可貴在並不突兀，把人物的心理間接呈現得很好。

為冰凍的肌膚添上一層薄衣。我踏出輕柔的第一步，飄着回到家中。

晚飯後，我重重地摔在牀上，看着牆上的笨鐘，隱約看見三枝鐵針，不斷微微地抖動、抖動⋯⋯我又飛上了晴朗的天空，微風輕輕地吹，感覺到質實的身軀，正吸收着陽光與清風的營養，為來臨的一天「奮鬥」。

總評及寫作建議

這篇文章以「平凡」為題，過程中又真的能處處扣着平凡生活的面貌。賴牀、上學、放學、到自修室，確是平凡極了，也是青年學生的真實生活。作者將描寫的筆墨集中在第三、四兩段，將那份無聊和淡淡的寂寞表現得很具體。文中的情感本來很抽象，作者巧妙運用景物描寫來烘染襯托，大生情景交融的效果。虛實交錯的描寫手法，令平凡現實的生活在聯想和抽象的感悟過程中，變得有內在的真實。人物穿插敍寫於其中，心理活動的描寫展現也就有了較曲折的反映，這是此篇文章產生情味的地方。要改善的是文采不足，描寫可以更細緻，現在稍嫌聯想不夠豐富。

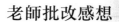

老師批改感想

描寫手法講究想像，香港的中學生描寫人物時，手法比較貧乏。他們一般多是集中於肖像描寫、言談動作來表現，很少、也很害怕直探人物的心理。即使進行心理描寫，所運用的手法也很直接，例如一般學生最愛用「獨白」來表達，將人物的內心所想直接表達出來。文章寫作，描寫的技巧是最需要訓練的，因為那往往要求作者的「耐性」，愈是深刻細緻的描寫，愈是要求作者在某一「點」上停留。這對作文時慣於敍述、不善呈現的香港學生，是一種高標準要求。另一方面，學生處理情景關係，不掌握「交融」之道，很多時都是寫了景，最後俗套地抒情，如何因景生情，互為映襯，都不太掌握，這些都是教授描寫文時須特別注意的地方。

我校的後花園

年級：中一
作者：黃楚君
批改者：蔡貴華老師

設題原因

1. 剛教完了單元二「觀察的方法」，希望學生能活學活用，採用感官描寫法描寫景物。

2. 採用定點觀察法和步移法帶出四周的景物，以配合中文科參觀校園的活動。

批改重點

1. 運用感官描寫——視覺來觀察和描寫事物。

2. 根據所見不同景點的先後次序來進行景物的描寫。

批改重點說明

1. 視覺為眾多感官中運用得最多的，以中一學生的程度，應以視覺觀察為首要訓練的重點。

2. 訓練學生一邊步行一邊瀏覽景物，寫成的文章更有真實感和親切感。

批改正文

 範文　　　　　評語

　　我校有一個後花園，在校舍的東南角。

● 首段簡單介紹後花園所在位置。

　　一踏上地層的鐵樓梯，首先映入眼簾的就是幾幅不同圖案組成的大型壁畫。壁畫在後花園南面的一堵牆上，牆上是斜坡。壁畫是誰繪畫的呢？是誰設計的呢？哦！原來是多年前由數位美術科老師和美術學會的同學一同設計和繪畫的。壁畫中既有友善的外星人，還有遼闊的海灘，也有可愛的小動物，令我校的小花園增添了幾分生氣和藝術色彩。

● 次段先選取一個立足點——後花園的入口，作俯視描寫。作者運用視覺描寫，帶出壁畫的內容和特色。

　　壁畫上的斜坡，種滿了各種不同的植物：那一把把的香蕉像一把把倒掛的金傘掛在蕉樹上，娃娃般的木瓜和頂花帶刺的青瓜，令人看了垂涎三尺。

● 第三段作者移動視線，作水平描寫，帶出壁畫上斜坡的植物——香蕉、木瓜、青瓜，各具特色。

進入後花園後，你會看見後花園的中央設有十多張石桌和石椅，石桌上插上太陽傘，給我們遮擋太陽和雨水，這裏是學生休憩的好地方。離開石桌向東走十多步，是一塊小菜圃，菜圃是園藝組同學們的心血結晶。這種植了林林總總的疏菜，有菜心、蘿蔔、生菜……嫩嫩的菜葉像綠色的地毯鋪在地上。旁邊的花兒爭相開放，好像向我們微笑，那堆雜草很神氣地傲然挺立。

這幾個景色嵌在一起好像一幅充滿大自然氣色的圖畫，令我們目不暇給，使我們心曠神怡。在這裏呼吸新鮮的空氣，真是一種最美的享受。後花園是我校的特色，也是令我們流連忘返的好地方。

● 第四段是文章第二個立足點 —— 後花園的中央。作者運用近觀描寫，帶出石桌、石椅的特色和作用。● 接着運用步移法，隨着作者立足點的轉移，寫東面的景緻 —— 各式各樣的園藝作品。● 這裏比擬和比喻手法用得貼切。

● 末段總結後花園給人的整體印象，以抒情作結。

總評及寫作建議

同學選取了兩個固定觀察點（後花園的入口和中央）來描寫景物，可算恰當，因前者是俯視，後者是平視，採用不同的視點觀察景物可收多角度描寫之效。

篇首已交代後花園的正確位置（東南角），其後再通過不同的方位記下一些觀察到的事物，能給予讀者清晰的方向感。

末段以抒情簡單作結，令景物的描寫更具人情味。

我最敬愛的人

年級：中一
作者：蕭健美
批改者：蔡貴華老師

設題原因

1. 剛教完了單元二「觀察的方法」描寫人物的手法，希望學生能活學活用，採用由表入裏的描寫法 —— 外貌、説話、行動、心理描寫人物。

2. 上學期學生學會了寫記敍文，下學期讓學生嘗試在記事件時加入描寫和抒情部分。

批改重點

1. 由表及裏的描寫法 —— 通過人物的外貌、説話、行動顯現性格。

2. 在記敍中描寫和抒情。

批改重點説明

1. 上一篇文章學生已學習描寫景物的技巧，本篇則以學習描寫人物為主。

2. 上學期學生學會了寫記敍文，已懂得運用記敍「六要素」；下學期讓學生嘗試在記敍文中描寫和抒情，讓文章更多元化。

批改正文

 範文　　　　　　　　　　　　評語

　　小時候，在鄉間跟外婆一起生活，那裏充滿桃花源的氣息，外婆就是在這個環境裏把我一手養大的。

● 首段清晰地交代時間、地點和人物，帶出所記的事。

　　外婆個子高大，有一頭雪白的頭髮，數條皺紋印在她的前額上，當她一說話或微笑時便會露出一對小酒窩，活像一個笑佛，給人一種慈祥的感覺。外婆擁有自己的農地，她喜歡種植林林總總的疏菜：春天種豆莢類的植物，例如豆角等；夏天種瓜果類，如青瓜、蕃茄、節瓜等；秋天種葉菜類，如菠菜和生菜等；冬天種根莖類，如蘿蔔、馬鈴薯等，我們總有吃不完的疏菜。

● 進行外貌描繪：個子、頭髮、臉孔、神情，逐一描寫，突出外婆慈祥的地方。● 寫外婆的工作和日常生活，刻畫外婆是一個勤懇的莊稼人，一年四季都在勞動。

　　在這片綠油油的菜田上，小鳥在枝頭歡唱，青蛙鳴蟲在四野伴奏，我最愛躺在樹蔭下看着外婆鋤土、拔

● 寫兩婆孫的感情在這片綠油油的菜田上慢慢地滋長。

草、施肥……細聽美妙動人的樂章，凝望她那汗流浹背的身影。

　　一切影像至今仍歷歷在目，我就像一盆植物，多年來得到她的悉心照料，茁壯地成長，那時不論環境怎樣，我倆都形影不離，我度過了一段豐盛的童年生活。十歲那年，我要離開她到香港讀書，外婆依依不捨地送我到車站，當我登上車時，她對我說：「你要聽媽媽的話，不用掛念外婆了。」在途中，我凝望着天邊的雲彩，思潮起伏，腦海不斷湧現我對她的思念。我忘不了外婆，忘不了那美麗的歲月。

　　現在，她已七十多歲了，我一放假，便會回鄉探望她。每次看見她，她總是跟我說個不停，眼泛淚光，語重心長地對我說：「外婆目不識丁，你要努力讀書，不然，就像外婆般留在

● 以上是回憶，運用倒敍。作者寫作本文時已離開外婆，但記憶猶新，足見感情之深。● 插敍一節，寫外婆離別時的叮嚀，是說話描寫，照應上文「慈祥」二字。

● 寫外婆的諄諄教誨，運用說話描寫，足見外婆通曉道理。

鄉間務農了！」每次她說起這句話，
我就會上前擁抱她，她也會吻我的額
角，我感到很溫馨、很幸福。

總評及寫作建議

　　記敍的手法純熟，能自然地承接今、昔部分，非呆板的
倒敍記事。

　　人物描寫方面已能掌握外貌的特徵，作有條理、有次序
的描寫。語言描寫着墨不多，但太多的說話反而不恰當，因
外婆是莊稼人，不應太能言善道，一兩句話已足夠；行動描
寫集中在田地工作上；心理描寫較難，這部分略嫌不足，但
以中一學生而言，已有不錯的嘗試。

老師批改感想

　　描寫文的種類很多，除了寫人、寫景，還可寫各類的事物，寫景時宜先讓學生認識一些基本的寫作要求和技巧（如定點描寫法和步移法），並作實地參觀以配合寫作；寫人則鼓勵學生先寫他們最熟悉的人物，務求寫來能「連人帶話一齊來」，形神佳妙。

　　第一篇寫我校的小花園，由於學生所寫的是同一所學校同一個地點，取材相似，故老師宜提點學生在選取觀察點時，宜取較獨特的地點，力求與別不同、別出心裁。

　　第二篇寫外婆田間活動時，曾分述四季的蔬菜，帶給讀者一些知識性的收穫，可見學生生活體驗愈豐富，文章寫來也愈紮實。

後記：幾句衷心話

　　我是一個頗有計劃、顧慮周全的人，很多事都能如期完成，很少會誤期的，和我合作過的朋友都知道這點。當我答應當時任職於中華書局的梁偉基先生編這套書後，很快便定好了全盤計劃。

　　我在二零零四年的六七月間便開始邀請老師參與這項工作，並在暑假前寄出批改指引、每頁的版面樣式、各種文體的寫作能力、批改後稿件的處理方法等給老師，務求他們一目了然，可以立刻準備開始工作。我更定出了交稿的日期，從二零零四年十一月底開始，每月交一種文體，依次序是記敘文、描寫文、抒情文、說明文和議論文；到二零零五年三月底，便可以收齊所有稿，這樣便可以趕得及在七月書展前出版。我這樣想當然是過於理想。

　　開始收稿時，問題便來了。有一兩位老師用筆批改稿件後寄給我，我審稿時發現有問題，便在稿件上說明，然後寄回給老師；他們修改完再寄我，我覺得仍然有地方不妥當，便又在稿件上寫清楚問題所在再寄回給老師。這樣數來數往，仍然沒法解決問題，實在很麻煩。於是我和梁偉基先生商量，大家都覺得用電腦批改和交稿會更方便。我立刻用電郵通知老師，建議他們先用電腦打稿，然後再依版面樣式

批改，改好後用電郵寄給我。當我收到稿件時，有小問題的，我便代老師改了，不必再麻煩他們；如果有大問題的，我才會寄回給他們重改。如果老師沒空打稿件，可以把學生的手寫稿寄給梁偉基先生，梁偉基先生打字後再用電郵寄給老師，老師便在電腦上改，改後再寄給我。所有的稿經我審閱後，沒有問題的便轉寄給梁偉基先生存檔，並同時進行排版的工作，這樣工作的進度便會快些。

過了不久便收到一位老師寄來一篇可以做樣本的稿，我很高興；在得到她的同意後，便把稿件寄給其他老師參考，請他們依這個樣式做。我滿以為這樣的安排很理想，誰知問題又來了。我等到十二月中，仍然有相當多的老師沒有交第一篇稿，我想可能他們還沒有教記敍文；但開學已三個多月了，難道甚麼文體也沒有教嗎？為甚麼一篇稿也沒有交？我開始有點焦急，於是再發電郵追稿，等了一段時間，仍有好幾位老師沒有回應；我只好打電話給他們，才知道原來我寄出的所有電郵都是亂碼，以致他們誤以為是垃圾電郵而沒有開啟檔案；也就是說，從一開始他們便沒有看過我發的資料。於是我只好雙管齊下，立即把資料用電郵、傳真送過去，他們到十二月底，才正式開始批改的工作。

在審第一批稿的時候，很多稿件與我的構想有頗大的出入，於是我發還給老師重改，有些甚至改了多次。我想他們心裏可能怒我，但他們仍然忍耐地、認真地做好批改的工

作，實在感謝他們。因為太過急於如期完成工作，我在一定的時間內便發電郵給老師，提醒他們要交稿，這樣無形中給了老師很大的壓力。我有時甚至在星期天的早上，老師還沒有睡醒時便打電話追稿；當電話筒傳來對方像夢囈般的聲音時，我又感到有點歉意。我想老師很怕聽到我的「追魂鈴」，所以我也儘量改用電郵聯絡他們，直至我守着電腦多日多月都沒有回應時，才會出動「追魂鈴」。其實我也知道中學的老師工作相當忙，是不宜給他們太大壓力的，但為了如期完成工作，我才會這樣做。

今次這套書能順利出版，要謝謝各位老師準時交稿及對我百般的容忍，同時感謝梁偉基先生花了不少時間幫忙打稿。最後，要感謝為這套書寫序的學者，使這套書生色不少。

劉慶華